幽默西游

之四

雷神的地下宮殿

周　銳◎著
洪義男◎圖

序

昨天拿到了去臺灣的機票，一個月後我將飛過海峽。雖然現在從大陸去臺灣已很容易了，我還是有點感慨。二十年前我的作品開始陸續在臺灣出版，但二十年來我只能跟臺灣的朋友和讀者在大陸見面。這次我終於可以跟我的書一起去對岸，去跟我的臺灣讀者在臺灣見面了。在臺灣我會有幾次演講，其中一場是面對故事媽媽，主辦單位要我提供一個題目，我想了想說：「就叫《我是故事爸爸》吧！」在大陸還沒有故事媽媽這樣的團體，所以在臺灣的演講會給我新鮮又親切的感覺。

我已經見到聯經出版公司連續推出的《幽默三國》、《幽默紅樓》和《幽默水滸》，就差《幽默西遊》了。前不久有位臺灣朋友來我家，她正在做以我的作品為選題的碩士論文。在我的書房，她拍了一些照片用作資料，其中拍到一套名為《孫小聖與豬小能》的連環畫，這就是《幽默西遊》的前身。一九八七年，我剛從長江油輪調回上海，在鋼鐵廠當駁船水手。我們經常在一位朋友家裡碰頭，為了合作這套連環畫，一個人編腳本，一個人用鉛筆畫初稿，一個人用鋼筆勾線。有時候我也必須畫幾筆，比如：孫小聖的兵器石筍和豬小能的兵器石杵，沒法說清楚，我只好畫給他們看。那時還沒有電腦，全用手寫、手繪，傳送文稿和畫稿都得親自搬來搬去。二十幾年過去了，現在的網路傳輸多方便。最近有位江蘇無錫的讀者給我發來郵件，說他小時候很喜歡連環畫《孫小聖與豬小能》，現在人到中年仍沒忘懷。他已無法再買到這套連環畫，問我能不能借他一套複印。我家裡保存了兩套，就把其中一套送給他。因為我很能理解那種童年情結。我的前輩任溶溶先生曾在上世紀六〇年代寫過一篇童話〈沒頭腦和不高興〉，那個叫「沒頭腦」的孩子當了建築師，卻忘記設計電梯，大家只好很辛苦地爬高樓。一個讀過這篇童話的小女孩後來真的當了建築師，她找到任先生，說：「我可從來沒忘記裝電梯啊！」這就是可愛又可貴的童年情結。

我希望，再過二十幾年，有臺灣的讀者在大陸或臺灣見到我，或者沒有見到我卻給我發來電子郵件，你們會說：「我小時候讀過《幽默西遊》，我還記得孫小聖和豬小能的故事呢！」這多有意思啊！

周銳

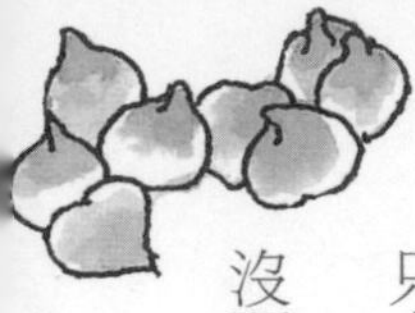

目次

前情提要

王母為了三千年一度的蟠桃會邀請名單大傷腦筋，玉帝得知後，發現天庭的神仙過多，因此命李天王為主考官，篩選不合格的神仙。首先，應試的是楊戩的親戚吃得多，小聖卻用計讓吃得多將吃下的食物全吐了出來……

垃圾飛上天

李天王高興了：「好極了，這說明他就是吃得多，合格啦！」

眾神仙一片鬧哄哄。

「這算什麼本事？」

「不服氣！」

可是李天王假裝沒聽見，按他的原定程序繼續進行。

他宣布：「下一個是睡得死，我們要看看他睡覺的絕技。」

一位力士倒拖著睡得死進場。隨你怎麼拖，睡得死鼾聲震天，安睡不醒。

睡得死沒法介紹自己，就由吃得多代替。

吃得多說：「打雷也吵不醒他。」

「那好，」李天王叫，「雷神何在？當場試驗！」

雷神出現，拿著他的雷錘和雷鑿，對著睡得死連打數雷：

「轟隆！轟隆！轟隆隆！」

睡得死以更加猛烈的鼾聲對抗雷聲：

「呼嚕！呼嚕！呼嚕嚕！」

雷神捂著耳朵狼狽退下。

吃得多又介紹：「他還能在水裡睡覺！」

李天王就叫力士抬來一個大鼎，灌滿水，將睡得死頭朝下放進鼎裡。

群仙好奇地緊圍在鼎的四周。

只見睡得死一動也不動地躺在鼎底，從鼻孔裡冒出一串串水泡。

「哈，沒人弄得醒他！」李天王說。

小聖暗想：「他也不怕癢嗎？」

一邊想著，便去搔擱在鼎口的那雙光腳。

這招真靈。只聽「嘩啦」一聲，睡得死從鼎中直竄起來！

李天王又宣布道：「不管怎麼說，睡得死也合格了。接下來請大家留神自己的東西。」

大家莫名其妙：「這是怎麼回事？」

李天王叫一聲：「空手財神上場！我要考一考你的搬運本領。」

「來啦！」應著李天王的呼喚，空手財神從人群中一路擠過來。

空手財神走過之處，群仙一片亂嚷嚷。

彌勒佛看著脖子：「我的念珠不見啦！」

何仙姑摸著耳朵：「我的耳環少了一隻！」

織女叫：「我的金梭！」

張果老叫：「我的唱本兒！」

空手財神笑嘻嘻地從袖子裡掏出唱本、金梭、耳環、念珠等物，「都被我搬來啦！」

群仙又紛紛議論。

「原來是個『三隻手』！」

「怪不得叫『空手財神』。」

蛇金剛魔禮壽還有點兒不相信：「我的寶蛇是個活物，難道你也能隨手『搬』去？」

空手財神說：「這有何難？」便又從另一隻袖子裡抓出一條活蛇。

「我還搬來個活人呢！」空手財神一掀袍襟，像變古彩戲法一樣，竟有一個小道士藏在袍內。

太上老君立刻驚呼起來：「天啊，這是我的小徒兒！」

李天王稱讚空手財神：「好本事，你也合格了。」

但眾神仙強烈反對。

赤腳大仙說：「不行，天宮怎能容此小偷！」

鐵拐李說：「引狼入室，必生大患！」

這時響起錚錚琴聲，巧嘴歌王出場了。

各位不要火氣旺，
聽我為您彈又唱。

李天王說：「好，巧嘴歌王，就考你唱歌。」

巧嘴歌王走到赤腳大仙面前彈唱起來：

赤腳大仙真是棒，
冬天赤腳不怕涼，
啷里格啷！

才唱兩句，竟使赤腳大仙直往上飄。
歌王又唱：

鐵拐李，真不賴。
壞腿還比好腿快，
來里格來！

鐵拐李也飄起來了。

巧嘴歌王越唱越起勁，越彈越起勁，飄上去的人越來越多了。

「你來對我試試。」巨靈神站到巧嘴歌王面前。

望著這龐然大物，巧嘴歌王有點兒畏縮。

他硬著頭皮再彈再唱：

巨靈神，真驚人，

一口飯人家吃十頓，

哼里格哼！

唱了一遍又一遍，汗都出來了，巨靈神還是穩穩當當地站在那兒，紋絲不動。

巧嘴歌王筋疲力盡了，他洩氣地對巨靈神說：「大概……因為你太重了。」

「不，是因為我一點兒也不喜歡別人拍我的馬屁。」巨靈神一邊回答，一邊把飄在空中的仙人們一個個拉下來。

李天王恨恨地暗想：「巨靈神這傢伙，敢讓我的朋友出醜，哼！」他想好了題目，便說：「現在就來考考你吧，巨靈神。」

巨靈神擺出英雄架式：「我力大無窮，可以考我移山填海，射日摘星！」

李天王笑笑，對人群中叫道，「何仙姑，請拔一根頭髮給我。」

巨靈神瞪著大眼，不解其意。

李天王一手拿著一顆蠶豆大的珠子，一手拿著何仙姑的長頭髮：「這是九曲寶珠，你要用這頭髮穿過寶珠。」

「這——」

頭髮要在珠子裡繞九個彎，真不容易呀！

人群中的小聖不平地暗想：「這是存心刁難人，待我助巨靈神一臂之力。」

小聖變成一隻螞蟻。

聽著巨靈神焦躁的嘟噥聲，小聖接過頭髮，綁在腰間。

螞蟻拖著頭髮順利地穿過九曲寶珠。

巨靈神把穿進頭髮的寶珠交還李天王：「沒話說了吧？」

「唔，沒話說。算你合格了。」

考試繼續進行。

李天王對織女說：「你馬上造出一座觀星亭。」

一聽這話，仙匠魯班站出來：「造亭子的事應該考我。」

魯班將斧子一揮，所有的梁柱很快集合在一起，互相拼攏。最後，亭蓋像帽子一樣飛來，戴得不歪不斜。

亭子造得玲瓏精緻，但李天王伸手將亭子推倒了。

李天王對魯班說：「我不要你造亭子。輕巧些，你就作首詩吧！」

「作詩？」魯班傻眼了，「你這是趕鴨子上架呀！」

但轉眼間一首詩已經作好，作者是老詩人太白金星。

挑挑又揀揀，
天王考神仙。
珍寶扔下地，
垃圾上了天。

烏鵲幫忙

李天王氣急敗壞地制止金星：「我不要你作詩！」

金星卻不疾不徐地反問道：「大概又要考我織布了，對不對？」

雷神對著一大堆的各色花枝發愁，他的考題是插花，但他從沒插過。此時他一手拿荷花，一手拿仙人球，不知該先插哪個，還是一塊兒插上去。

要求老君完成的是烤白薯，但老君拒絕了：「我的爐子是煉丹用的，從沒烤過白薯！」

李天王指著一大缸米對孫悟空說：「你把這缸米數一數。」

悟空急得跳了起來：「呀，這還不把我頭髮數白了！」

要豬八戒做的還算簡單：「你要是能三天不吃飯，就算合格。」

「三天哪！」八戒把頭搖得像波浪鼓，「老豬的肚子，最挨不得餓，一頓不吃都不行！」

考試結束了。李天王很滿意考試成績，全是不合格，不合格，不合格……

李天王宣布：「凡是不合格的，不論是誰，一律不留，請自找去處。」

太白金星哈哈大笑：「我是『一生好入名山遊』，正想找機會去人間逛逛呢！」他招呼朋友們，「走吧，回來再跟他算帳。」

於是群仙紛紛離去，連合格的巨靈神也羞與「合格者」為伍。

悟空對八戒說：「咱們也去找沙師弟玩玩吧！」

「好，聽說悟淨在治理他那流沙河呢！」

但小聖對悟空說：「爸爸，我們想留在這兒給他們搗搗亂。」

小能也說：「對，還是這樣好玩！」

小聖搖身一變，變成了蜻蜓。

小能也變成了螞蚱，一蹦一蹦地跟著蜻蜓去窺探李天王等人的動靜。

只見空手財神帶頭歡呼起來：「哈，都走啦，這兒全是我們的世界啦！」

巧嘴歌王彈起琴，唱起歌。在歌聲琴聲中，空手財神、吃得多、睡得死、李天王、楊戩、哮天犬，全都樂悠悠地飄了起來。

小聖變成的蜻蜓飛近小能變成的螞蚱：「小能，你要是變成螳螂，會更有用。」

小能想了想，明白了。反正螳螂和螞蚱很相像，只要稍稍改變一下就行了。這螳螂悄悄爬上巧嘴歌王的三弦琴，揮動兩把帶齒的大刀，一下子就把琴弦砍斷了。

琴聲突止，飄在空中的人們冷不防地摔了下來，摔得很重，摔得很痛，痛得亂叫。

這時考場外傳來喊聲：「玉帝駕到——」

摔倒的眾人趕緊掙扎起來，恭迎聖駕。

玉帝坐下，問李天王：「篩選得怎麼樣了？」

李天王遞上仙籍摺子：「陛下請看。」

玉帝打開摺子觀看，見太上老君、太白金星、八戒、悟空、雷神、織女……

群仙姓名皆被紅筆勾除。

玉帝說：「你倒是大刀闊斧。」

李天王說：「乾淨俐落！」

「這下在瑤池開蟠桃會不怕人過多了。」

* * *

三千年一度的蟠桃盛會在瑤池如期舉行。

不過這次難以稱為「盛會」。偌大的瑤池，只冷清清坐了一桌。

王母疑惑地問：「只剩這麼幾個人啦？」

李天王巧言對答：「這可是百裡挑一的佼佼者啊！」

仙娥們捧著各色仙果佳餚，魚貫走上前來。

王母說：「原來怕不夠吃，現在卻吃不完了。」

「不怕！不怕！」吃得多拍著肚子發出壯語，「有我在，還怕吃不完？」

大家開始吃起來。吃得多狼吞虎嚥，雙手並用，轉眼間身邊的空盤子、空碗堆得老高。

「該上蟠桃了。」王母宣布，「這回人少，諸位可以多吃幾個了。」

眾人已經饞得流涎，「哈哈，正好一飽口福！」

藏在暗處的小聖和小能十分生氣。

小能說：「蟠桃本該大家享用，卻被這幾個傢伙吞掉，真不像話。」

「哼，叫他們吃不成！」

小聖悄悄拉著小能來到瑤池邊，裝蟠桃的大筐就放在那兒。

他們看見奉命端桃的仙娥們已經沿著迴廊走過來。

這時天空飛過一群鳥。

小聖說：「這是幫織女架橋的烏鵲，請牠們幫幫忙。」

小聖便朝空中揮手，召來鵲群，託付道：「請找到織女，由她把蟠桃分給眾仙。」

烏鵲們生性善良，當下應允相助，各自用嘴銜住大筐一角。牠們通力合作，往昔能搭起一座橋，今日能銜起一筐桃。

看著鵲群遠去，小能鬆口氣：「桃子飛啦，那些傢伙連桃核都吃不到啦！」

但小聖眼珠一轉，又有了主意：「不，讓他們吃！」

小聖把小能帶到灶後的煤球堆旁：「快，把這些煤球裝滿一袋。」

小能一邊裝著，一邊疑惑：「要煤球幹什麼？」

一袋裝滿，小聖念咒：「變！」

煤球變成了蟠桃。

小能樂了。

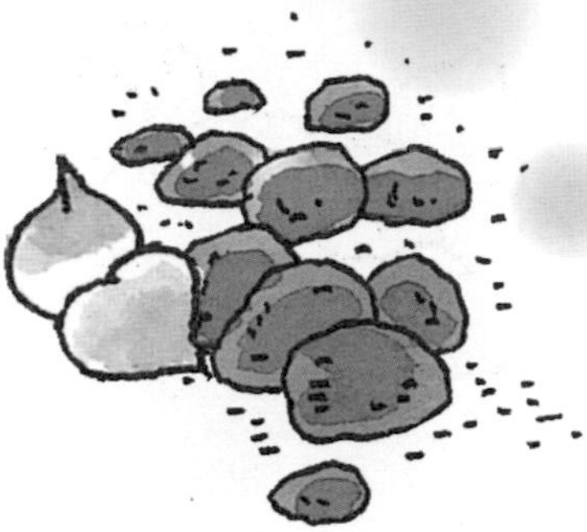

小聖又把剛才留下的兩個真桃放進假桃裡。

仙娥們在煤堆旁找到這袋蟠桃，雖然有些奇怪，但還是把桃分裝到一個個水晶盤裡——別誤了招待客人。

這些客人現在特別興奮。

巧嘴歌王對吃得多說：「聽說，吃一顆蟠桃就多活一百歲。」

「真的？」

眾仙娥端來蟠桃，吃得多剛要揀最大的先嘗為快，被李天王悄聲制止：「大桃應該敬給玉帝和王母。」

李天王和楊戩便各捧一枚大桃：「祝陛下和娘娘活得長，活得好，活到活得不耐煩。」

這兩人真會拍馬屁。

吃得多又開始顯本事，他像玩雜耍一樣，將一顆顆蟠桃扔進嘴裡，一邊數著數：「……五百歲、六百歲……」

睡得死靠在椅子上又睡著了，面前放著吃剩下的半顆桃子。他旁邊的空手財神悄悄伸手過來，抓取睡得死盤中的蟠桃：「哼，你睡你的，我撈我的。」

李天王和楊戩坐在一起，一邊吃桃，一邊覺得不對勁。

李天王說：「怎麼今年的蟠桃吃到嘴裡像泥沙一樣？」

楊戩說：「沒有汁水，也不甜。」

巧嘴歌王突然指著吃得多：「你的臉怎麼變黑了？」

吃得多只管吃，不管別的，當然解釋不清楚。

可是，沒過一會兒，客人們全都成了「黑人」。

僵石症

睡得死由於只吃了半顆「桃」，所以只黑了一半——左邊臉黑，右邊臉白；左邊手黑，右邊手白……

這時小聖和小能拍著手出現。

「有趣，有趣！」

「好玩，好玩！」

李天王和楊戩怒不可遏。

「小壞蛋，一定又是你們搞的鬼！」

「怪不得桃子不甜，你們玩了什麼把戲？」

「陛下，娘娘，」小聖問玉帝、王母，「你們說桃子甜不甜？」

玉帝說：「甜啊，甜極啦！」

王母連忙取出小鏡子檢查自己的面容：「我可沒變黑，謝天謝地。」

於是小聖指責「黑人」們：「大概是你們做了見不得人的黑事。」

小能說：「所以黑得這樣難看！」

玉帝捋著鬍鬚點著頭，「有理，有理。」

這樣一來，李天王他們不得不在小哥倆面前服了輸。

李天王愁眉苦臉：「可咱們不能老這樣黑下去呀！」

巧嘴歌王對小聖、小能說：「還得請二位幫幫忙啦！」

小聖說：「只有太上老君能治黑皮。」

小能告訴玉帝：「老君因為不會烤白薯，已經不在天上當神仙了。」

玉帝說：「豈有此理！」

李天王和楊戩忙道：「臣等立即下凡，請回老君。」

小聖說：「我們也一起去。」

這夥人急速下降，來到凡間。

楊戩問李天王：「不知老君去往何方，怎麼找法？」

小聖想出個辦法，他搖身一變，變成假老君。

眾人全都不解，小能也弄不懂：「你為什麼要變成老君模樣？」

小聖答道：「這樣容易得知老君的下落。」

眾人還是不明白，小聖也不再解釋。

他們走到街上，一位青年看見假老君，趕緊過來行禮：「老先生又來啦，多謝您治好了我的駝背！」

小聖忙說：「你見到的是我的兄弟，他上哪兒啦？」

「哦，他往麥冬國那邊去了。」那青年指了個方向。

小聖現出本相。

小能佩服地說：「你這法子果然靈！」

* *

去麥冬國要過一道深不見底的長溝。這道峽谷般的長溝便是天然國境，要過溝須由麥冬國放下吊橋。

那邊吊橋旁的一員守將大聲吆喝著：「你們是什麼人？長得怪模怪樣的！」

溝這邊，楊戩不耐煩地命令道：「我等是上界天神，還不把吊橋放下，速速相迎！」

「天神？哈哈！」那邊的守將嘲笑道，「天神過溝還要吊橋？」

楊戩怒喊：「可惡！看我填了你這溝！」

楊戩念起搬山咒語，轉眼間便見一座大山從天外飛來，山尖朝下，「轟」地倒插進溝裡。

插進溝裡的山還露出一截，李天王要顯威風：「我來壓平！」

李天王向空中拋出鎮妖錘，小錘立刻變得很大，以雷霆萬鈞之勢砸下來——

咚！

這一下，把那守將震得跳起來，從城門口一直彈上了城樓。

麥冬國的全體國民都被彈上了自家的屋頂。

接著又來第二下——

咚！

這次是所有的屋子都跳了起來。

沒等第三下，麥冬國國王親自出迎。

國王擺下宴席，招待李天王等。

國王連連表示歉意：「手下人真瞎了眼，不是天神能有這樣的臉色嗎？黑得出奇啦！」

李天王和楊戩摸摸自己的黑臉，感覺被誇獎得不是滋味。

國王悄悄跟李天王商量：「我也想把臉塗黑，不知尊神是否見怪？」

「這……」李天王有些意外，「你要塗就塗吧！」

國王大喜：「拿筆墨來！」

內侍替國王把臉塗黑。

宰相說：「真英武！真神氣！」

國王吩咐宰相：「傳令國中，只有我可以塗黑，別人都不行！」

楊戩一邊吃喝，一邊對李天王道：「想不到咱們的黑臉還這麼吃香。」

李天王說：「那麼，就不必再找老君了吧！」

小聖拉小能悄悄離席：「咱們快去找老君爺爺！」

沒想到在宮門口遇見老君正要進宮。

老君說：「這兒開始流行『僵石症』，你們快把防病的『抵擋丸』吞下，我要面見國王。」

小聖和小能各服一顆「抵擋丸」，又隨老君再次進宮。

那夥「黑人」酒足飯飽正要離開，空手財神走在前面。

老君打招呼：「空手財神，一定又有收穫了？」

空手財神含糊答應著，就想溜走。

但他突然驚叫一聲：「喔唷，不好！」頓時僵立不動了。更糟的是，「噹啷！」一只金酒壺從他袖子裡滑了出來。

小聖和小能一起來掏空手財神的兩隻袖子。

小聖掏出一個夜光杯。

小能掏出一個碧玉盤。

空手財神雖然全身不能動彈，但舌頭還能動：「求求你們，別掏了！」他也知道越掏越難看。

但小聖和小能又繼續掏出了琥珀盅、琉璃碗、翡翠碟、珊瑚筷等等一大堆。

緊接著，巧嘴歌王和吃得多也成了無法動彈的「雕像」。

巧嘴歌王向李天王求救：「看在朋友分上，救救咱們吧！」

吃得多向楊戩乞援：「看在親戚面上，想想法子吧！」

老君指著變成「雕像」的空手財神等，以及傳染上僵石症的侍從、官員們，對國王說：「他們都得了僵石症，要趕緊下令防治。」

一聽這話，李天王擺著手，捂著口鼻，從巧嘴歌王身邊逃開。

李天王說：「我不能救你們了，要是被你們傳染上……」

巧嘴歌王怒斥：「你算什麼朋友！」

楊戩也對吃得多說：「我不能帶你們上天了，我可不想像你們這樣動也不動的。」

吃得多歎口氣：「簡直六親不認啦！」

見此形勢，空手財神神情絕望：「唉，我要死在這裡了。我袖裡還有一件寶貝，誰搶到就歸誰。」

楊戩、李天王立即撲向空手財神，一人搶占一隻袖子——一聽有寶貝，他們什麼都忘了。

雷神的地下宮殿

兩隻袖子都摸遍了，什麼也沒找到。

空手財神忍不住哈哈大笑：「好哇，你們不肯相救，那就一起倒楣吧！」

楊戩和李天王立刻覺得自己的動作僵硬起來。

「糟了，大概染上僵石症了。」

「我們上當啦！」

於是國王不再相信天神了。

「我還以為天神有多了不起，都是蠢貨。」國王命令侍從，「拿洗臉水來！」

侍從替國王把臉洗乾淨，一盆清水洗成了黑水。

國王要找人出氣：「是誰說黑臉好看的？」

宰相慌忙認罪：「是我胡說，罪該萬死！」

侍從倒掉黑水。

老君嚷著：「別倒，別倒！」

國王問：「為什麼？」

老君說：「洗臉水治僵石症有效，可以當藥湯喝。」

老君一揮手中的拂塵，潑到地上的水又返回臉盆裡。

小聖、小能直拍手：「老君爺爺好本事！」

僵立著的李天王和楊戩，十分眼饞地盯著侍從手裡的臉盆，哇哇叫喊——

「快把洗臉水端給我喝！」

「不，讓我先喝！」

老君笑道：「光這一樣還不行。要治此症，必須六水齊備：海水、雨水、沙水、露水、國王洗臉水和瑤池刷鍋水。」

國王急忙傳旨：「來人哪，快去找齊六水！」

可是侍從、衛士們全都發病了。

國王想把剩下的酒喝掉，發現胳膊已不聽指揮，酒杯和嘴巴碰不到一起了。

好厲害的僵石症。

「老君爺爺，」小聖自告奮勇，「我和小能去，一定可以找齊六水！」

「好孩子，快去吧！」

小哥倆走出宮門，到了街上。見一將軍騎著馬，馬的前蹄揚起，即將踏到一位摔倒的老婦身上。

小能失聲驚叫。

但仔細一看，原來將軍和馬都已僵止不動。

「還好，他們也得了僵石症。」小能鬆一口氣。

馬上的將軍卻發起了牢騷：「可我不能一直這麼被馬舉著呀！」

街旁小攤上，一個漢子正在烙餅。該翻動一下了，那漢子卻發著呆。

小能提醒他說：「大叔，餅焦了！」

那漢子無奈地答道：「有什麼法子，只好看著它焦。」

又見一農人頭頂一個柳條小筐，筐裡裝著蘋果。有個小偷悄悄跟在農人身後，踮起腳尖去偷蘋果。

小聖告訴農人：「有人偷您的蘋果啦！」

那農人卻不慌不忙：「他已經偷不走我的蘋果了。」

小偷也不忙不慌：「他知道我在偷，也沒法抓我啦！」

又是一對僵石症病人！

小能挺著急的：「這麼多人得了這倒楣病，咱們得盡快找到六水！」

小聖說：「光是雨水就有麻煩，你看這大晴天。」

忽然聽到巨響陣陣，「轟隆隆隆！轟隆隆隆！」

小能喜出望外：「打雷了，要下雨啦！」

小聖側耳細聽，覺得有些蹊蹺：「應該天上打雷才對，這雷聲卻像是地下傳來的。」

他們循聲走去，來到一座山谷，隆隆聲是從一棵粗大的枯樹中發出的。

小聖躍上樹去，立即發現這樹從上到下有個空心大洞。

小聖把這發現告訴樹下的小能。

「那，」小能問，「誰在洞裡面？」

「還看不清楚……不過，」小聖想了想，

「可以試探一下。」

小聖就唱起一首歌，這首歌小能也會唱，就一起唱起來。這首歌叫《春雷解凍歌》。

哈！哈！哈！

春雷當頭冰河化。

嘁里喀嚓，稀里嘩啦！

稀里嘩啦，嘁里喀嚓！

小哥倆當初是從雷神那兒學會這首歌的。

這時雷神從樹洞裡跳了出來。

「雷神大叔！」小聖直拍手，「一聽聲音，我就猜到您在裡面。」

小能問：「雷神大叔，您在下面『轟隆轟隆』幹什麼？」

雷神說：「下來看看吧！」

他們進了樹洞，原來下面通向成套的岩穴，一個接一個的石廳，極其精緻華麗。

「哇，好漂亮！」小聖和小能連連驚歎。

「這是我為自己開鑿、建造的地下宮殿。」雷神自豪地介紹說，「我還嫌不夠寬敞，正在擴建呢！」

一邊說著，雷神一邊揮動錘鑿，發出雷火，「轟隆隆隆！」岩石大塊大塊地崩裂開來，他在開鑿另外一個石廳。

小聖請求雷神說：「麥冬國流行僵石症，您幫忙降場大雨吧！」

雷神卻是心灰意懶，擺手推託：「我現在不是天神了，不管降雨的事。」

他又一心一意地繼續他的工程。

小能問小聖：「怎麼辦？」

小聖想了想，「咱們用個計策……」他在小能耳邊嘀咕了幾句。

小能說：「說謊不好，但也只好這樣了。」

小能便去向雷神求救：「大叔，不好了，小聖也得到僵石症啦！」

雷神跑過來一看，只見小聖四肢僵硬，木偶似的一動也不動。

雷神心裡有些疑惑：「真的還是假的？是不是為了要我降雨故意裝的？」

雷神指著小聖對小能說：「我來撓他的癢，如果動了就是裝病。」

小能聽了這話，心兒怦怦跳，汗珠往下掉，十分為小聖擔心，因為他知道小聖最怕癢了。雷神把手伸到小聖的胳肢窩裡……

這可苦了小聖，但為救一國之民，小聖忍著癢，憋著笑，硬是一動也不動。

「是真的呢！」雷神感到不安了，「小聖幫過我的忙，是個好孩子，我不能眼看他生病。」

難道還讓大家吃煤球

雷神又叫來幾個老搭檔——風伯、雨師、電母、雲童，「大家幫幫忙！」

麥冬國皇宮門前擺出一個巨甕。

小聖和小能看見天空電閃雷鳴，歡呼起來：「喔！要下雨嘍！」

一場雷雨，正好把甕裝滿。

雨水有了，怎樣弄到露水呢？

小聖、小能向老君請教。

老君說：「要造一座百丈高臺，臺上設四個銅人，用盛露盤來接露水。」

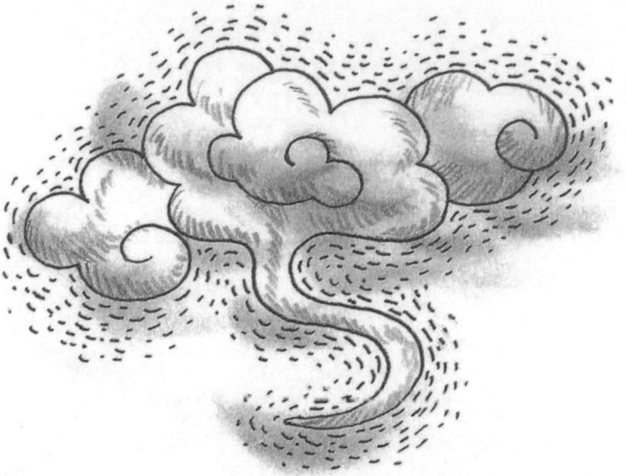

小聖感到為難：「百丈高臺，一時怎麼造得起？」

這時小能朝天上一指：「小聖，你看那隻鳥！」

說牠是鳥，又有點不像。

老君說：「這是魯班做的機關鳥，叫『木鴿』。」

小聖突然有了主意：「對，去求魯班師傅！」

他手指木鴿，口念咒語：「定！」

木鴿立即停在空中了。

小聖又掏出太白金星所贈的神筆，遠遠地瞄準木鴿翅膀寫了幾個字。

* * *

這時，隱姓埋名的魯班剛剛造好趙州橋。

眾匠人欽佩地簇擁著魯班，對巧奪天工的趙州橋讚不絕口。

有人說：「老師傅，依我看您的手藝已超過魯班！」

魯班笑道：「別人超過魯班是應該的，要緊的是魯班也必須超過魯班。」

又有人指天大叫：「老師傅，您放出的木鴿飛回來啦！」

木鴿降落在魯班的掌心，魯班發現翅膀下的小字：

天上高手地上找，
救急憑藉機關鳥。

魯班立即撥弄木鴿的機關，讓它回憶所到之處。

魯班跟在木鴿後面，很快來到麥冬國。聽小聖、小能一說，性善的魯班一口答應，連夜造起百丈高臺。

第二天早晨，當魯班帶著小聖、小能去搜集銅人盛露盤中的露水時，赤腳大仙和鐵拐李飄飄地來了。沒了天條天規的拘束，他們正好抓緊時間雲遊四方，不遊白不遊。

赤腳大仙對魯班說：「魯師傅的建築作品總是這樣有才氣！拿筆來，讓我給你的高臺題幾個字，『天下第一臺』，怎麼樣？」

鐵拐李趕緊勸阻：「快別題了！本來如此壯觀的一個景點，門票可以賣高價的；你的字那麼醜，要是寫上去，票價起碼得打對折！」

二人馬上要爭吵起來。魯班急忙說明：「建這座高臺可不是為了壯觀。」便把麥冬國急需甘露治病的事說了一遍。

小聖對小能說：「接下來咱倆分頭去找海水和瑤池刷鍋水。」

「要海水？」鐵拐李自告奮勇，「我的葫蘆可以幫點兒忙。」

鐵拐李向空中拋起他的葫蘆，嘴裡念道：

不管是東海、南海、
黑海、紅海、
波羅的海、加勒比海，
找個乾淨些的海。
要不，病人喝了髒水，
會越喝越壞。

葫蘆飛走了。

一轉眼，葫蘆又飛回來。

葫蘆停在空中，滔滔不絕地向巨甕內傾倒海水。

鐵拐李說：「別看葫蘆小，要多少有多少！」

小聖忙說：「謝謝，夠了！」

赤腳大仙見鐵拐李立功，也不甘示弱，說：「我認識瑤池專門指揮刷鍋的天官，找刷鍋水的事包在我身上。」

赤腳大仙說著便踏雲而起。

小能和小聖商議：「只剩最後一樣了，不知沙水哪兒有？」

小聖說：「你忘啦？悟空爸爸和八戒叔叔去看沙僧了，他那裡有的是沙水！」

於是小哥倆駕起雲頭，趕到水流湍急的流沙河。

＊＊＊

三個老哥正聊得起勁，見小聖、小能到來，更是高興。

小聖、小能叫過「悟淨叔叔」，沙僧笑道：「兩位賢侄這麼大了！我卻沒有什麼見面禮，真不好意思。」

小聖道：「要說見面禮，給我們帶點兒沙水回去就行了。」

小哥倆便把麥冬國需沙水治病的事細說一番。

小聖和小能就用一個缽盂裝回了沙水。

正好赤腳大仙也提著一桶刷鍋水勝利歸來。

老君將先前那盤洗臉黑水也倒進甕中。

小能便拿自己的石杵在甕裡攪動，將六水攪拌均勻。

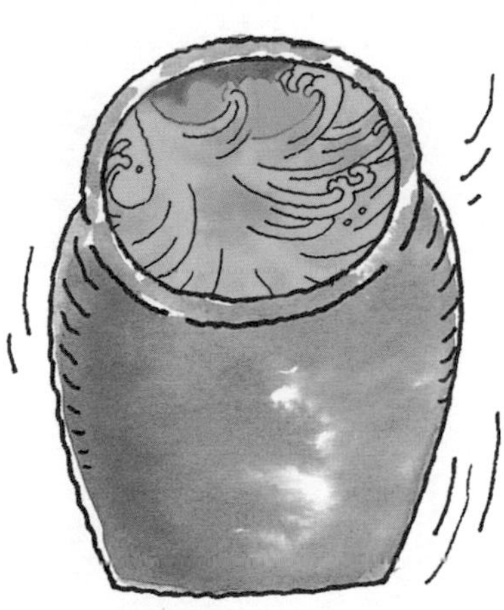

最後，小哥倆把巨甕放在一輛大車上，讓四頭牛拉著，隨時治療沿途的僵石症患者。

一路行去，他們又看見僵持在一起的小偷和農人。

小偷喊：「先救我！」

農人喊：「不，先救我！」

好心的小能安撫雙方：「都別急，一起救。」

小聖和小能一人拿一個木勺。

但小聖說：「應該先救前面的。」

於是先餵農人喝下藥湯，治好了第一個病人。

雖然農人和他的那筐蘋果已經挪了地方，但小偷仍然伸長胳膊踮著腳，毫不走樣地保持原來的姿勢。

農人就占了先被救的便宜，他解下腰帶，腰帶的一頭繫在小偷的腳踝上，另一頭自己攥著。

當小偷服了藥，開始活動起來時，農人對小偷說：

「乖乖的，先跟我去見官老爺。你的新病治好了，但手上的老毛病還得好好治一治……」

再往前走，小聖和小能又看見騎馬將軍和摔倒的老婦。

小能說：「這回我知道了，應該先救老奶奶。」

小能趕緊給老奶奶餵藥，讓那將軍在馬上再堅持一會兒。

他們又治好了國王和王宮裡的其他人。

這時天郵使飛毛腿闖進宮門：「玉帝和王母讓我來請諸位速赴蟠桃宴！」

小聖對小能說：「看來天宮現在一定很冷清，人多一些可以暖和暖和。」

小能說：「不過，上天宮以前，得把剩下的病人都治好。」

他們又治好了吃得多、睡得死、巧嘴歌王和空手財神。

只剩下李天王和二郎神楊戩還僵立在那兒，他們的幾位親友領教了他們的自私薄情，此時氣憤地抱怨。

巧嘴歌王說：「再也不跟你們打交道了！」

吃得多說：「天上好吃的再多，我也不去了。」

魯班整理工具，鐵拐李繫好葫蘆，群仙準備返回天庭了。

楊戩和李天王哇哇大叫：「為什麼不給我們喝藥湯？」

赤腳大仙一邊催小聖、小能快走，一邊不慌不忙回頭解釋：「玉帝來召，不能耽擱，只好等散席後再來解救二位了。」

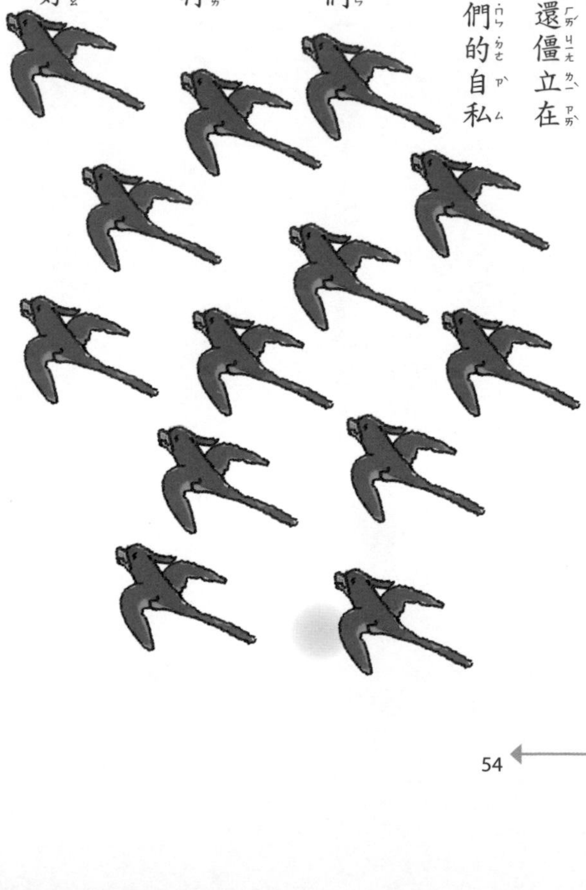

行雲朵朵，直赴瑤池。

群仙又濟濟一堂。東道主王母分外高興，命仙娥們將好吃的、好喝的盡快端上，「不過，請大家留點兒胃口，品嘗蟠桃是重要節目，要放在最後。」

這句話提醒了小聖：「不好，蟠桃被我們換走了，難道還讓大家吃煤球？」

小哥倆正心事重重，忽見織女朝遠處一指：「瞧，我的烏鵲們抬著什麼來了？」

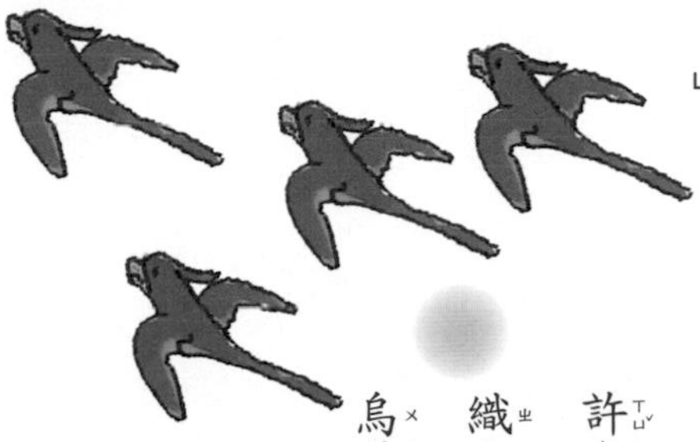

許多烏鵲抬著一個大筐朝瑤池飛來。

織女不知道那筐裡裝著什麼，可是小聖和小能知道。

烏鵲們終於找到了織女，小哥倆也終於放下心來。

三頭六臂寫請帖

這一天，小聖和小能正在門口玩「鬥雞」，八戒當孩子們的啦啦隊。

小聖忽然側耳細聽：「誰在彈琴？」

不一會兒，琴聲隨著雲影飄近。

八戒說：「原來是四大金剛。」

只見魔禮海撥弄著琵琶，傘金剛魔禮紅、劍金剛魔禮青、蛇金剛魔禮壽相隨左右，一個不缺。

八戒問：「你們兄弟幾個上哪兒去？」

「我們要去崑崙山野餐。」

想想，在綠草如茵的山野裡，魔禮紅撐起大傘，眾兄弟席地而坐，魔禮海彈起《我的太陽》，魔禮青揮動寶劍，逗引著魔禮壽的蛇兒翩翩起舞……，八戒說：「他們倒會找樂子。」

不一會兒，又有雲團從海面升起。

八戒說：「那不是四海龍王嗎？」

果然是東海龍王敖廣，帶著西海龍王敖閏、北海龍王敖順、南海龍王敖欽，指指點點，東張西望。

「哇！」八戒嚇唬他們，「龍王不在龍宮，來這兒幹嘛？」

敖廣笑道：「咱老弟兄好久沒聚會了，這次約好，一同上天逛逛。」

看龍王們遠去，八戒道：「他們也會享福！——唉，想起我那些結拜兄弟，如今都不知哪裡去了。」

小聖說：「我去把那些伯伯找來！」

小能說：「我也去！」

八戒便點頭道：「好，待我寫幾張請帖。」

先請牛魔王。

八戒寫道——

大哥：

好久不見，

實在想念。

請來我家，

兄弟會面。

八戒

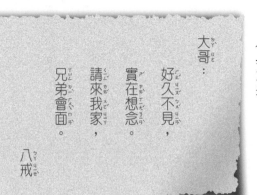

想到同樣的請帖還要再寫五張，急性子的八戒覺得有些煩人了。

還是小聖機靈，給八戒出主意：「您變成三頭六臂，不就省事啦？」

「對呀！」

八戒變成三頭六臂。五條手臂各抓一枝筆，第六條手臂磨著墨。這樣五管齊下，真是迅速。

八戒把一疊請帖交給小聖，說：「先找牛魔王，他多半在鐵扇公主那兒。」

小聖和小能問清鐵扇公主的住址，便興匆匆跳上雲頭，揮揮手，轉眼間消失在碧空。

儘管駕雲神速，但目的地實在太遠，一時難以抵達。而且——

小能問小聖：「你有沒有覺得，咱們腳下的這片雲越來越熱了？」

小聖說：「可不是，都把人烤出汗來了。」

「下去喝點兒水再走吧！」

「好吧！」

他倆降到地面。

見路邊有間小屋，涼篷下坐個老漢，小能便上前招呼：「大爺，給碗水喝吧！」

老漢端出水來，說明：「只有熱開水。」

熱得快昏倒了，再喝熱開水可真要命。

小聖發現附近有口井，便對小能說：「喝井水吧，清涼解渴。」

井邊有繩，有吊桶，小能就來打水。

沒想到，打上來的井水也是滾燙滾燙的。

小能說：「那就只好等一等，等它涼一點了。」

這時走來個挑水的村姑，插嘴說：「不能等，越等越燙！」

小聖問：「為什麼？」

村姑說：「因為這兒靠近火焰山嘛！」

小能想不通：「火焰山不是早就被搧滅了嗎？」

小聖說：「我爸爸教了我個咒語，待我喚土地爺出來問問。」

小聖便朝地上跺三腳，口中念道：

土地乖乖，
快點出來。
要不出來，
頭昏難挨！

念了一遍，剛要再念一遍，只見土地爺吃力地從土裡冒出腦袋，討饒說：「別念了！還要我頭昏？我的頭早就熱得發昏啦！」

小聖和小能幫忙把土地爺拽出來。

土地爺說：「火焰山確實曾經熄滅過，但

金獅太子為了煉他的寶貝，又將火焰山重新燃起。」

小聖、小能問：「是什麼寶貝？」

土地爺說：「看起來像個小小的香爐，叫『魔火金爐』。要是煉成功了，遠遠的就能把人烤成灰。」

「這麼厲害？」

「金獅太子每十天要來搧一次火，今天正巧會來。」

正說著，土地爺朝空中一望：「他來了！」便趕緊鑽回土裡。

金獅太子乘一朵紅雲，朝火焰山方向飛去。只見他穿一件繡花錦袍，戴一個金鈴項圈，手持的一柄寬大鷹毛扇，乃是巨鷹翅羽製成。

小聖對小能說：「跟上他！」

小哥倆也駕起雲頭，不避酷熱，跟著紅雲追蹤而去。

那金獅太子來到火焰山前，念念有詞——

對火搧風，
越燒越兇，
煉成寶貝，
八面威風！

念畢，高舉鷹毛扇，剛要搧——

「住手！」

小聖、小能隨即趕到，齊聲喝道。

小能說：「你只顧煉自己的寶貝，就不管大家熱得難受！」

金獅太子眼一瞪：「你們是誰，敢來教訓我？」

小聖說：「看來，你不習慣講道理。」

金獅太子說：「講道理沒意思，我喜歡比寶貝、比兵器、比本事，那才好玩。」

小聖對小能說：「既然這樣，那就先比本事，後講道理。」

小哥倆立即取出如意兵器，小聖揮動石筍，小能掄起石杵，要與金獅太子比試一番。

金獅太子說：「先吃我一扇！」

那黑鷹羽扇一搧，狂風驟起，吹得小聖、小能站立不住，像兩片葉子似的被颳跑了。

叫娘錦衣

小聖和小能被這風颳得睜不開眼睛，身不由己地左一翻、右一滾……

好不容易遇見一座山，擋住了風勢，留住了小哥倆。

小聖先睜開眼睛，立刻看到山崖上「翠雲山」三個字。

「哈，巧啦！」小聖想起八戒給他的地址，「鐵扇公主就住在這兒！」

一邊尋找芭蕉洞，小聖一邊對小能說：「咱們拜訪鐵扇公主，一來可以借芭蕉扇滅火，二來也能問到牛魔王下落。」

小能說：「這倒是一舉兩得。」

很快就找到了芭蕉洞。

小哥倆叩響門環：「嬸嬸開門！」

門裡傳出婦人的聲音：「叫我『嬸嬸』，我哪兒來的侄子？」

小能說：「出來看就知道了。」

洞門打開一半，鐵扇公主探出臉來：「哦，原來是八戒和大聖的兩個兒子。」

「正確，得分！」

可是鐵扇公主立刻想把門關了。

小聖趕緊說明來意：「我們一來請牛大伯去聚會，二來想借一借芭蕉扇。」

鐵扇公主一想起上次孫悟空借扇的事就肚子疼，這是反射動作。「碰」的一聲，門關緊了。

任小聖怎麼敲、怎麼叫也沒用。小能說：「可以用悟空叔叔的老辦法。」

他倆變成能飛進門縫的小蟲……

只見侍女拿來一件衣服：「夫人，新衣做好了，您穿上試試。」

鐵扇公主接過新衣，撫摩著，欣賞著。

侍女說：「這就是用玉光蠶吐的絲織成的，特別光滑柔軟。」

鐵扇公主高興地點頭：「我妹妹送來的玉光蠶真稀奇。」

「可是，夫人，」侍女又說，「附近的桑葉全都採光啦！」

鐵扇公主立刻發了愁：「這怎麼辦？那我的玉光蠶要吃什麼？」

「我們可以幫您採桑葉！」

誰在說話？

小聖和小能現出本相。

「好！」鐵扇公主答應，「只要弄來桑葉，就借給你們芭蕉扇。」

小能說：「一言為定！」

小聖說：「不許賴！」

小哥倆出了芭蕉洞。

小聖手搭涼篷，朝前眺望：「那邊山高林密，會有桑樹吧！」

來到林中，四周都是不同的樹，長不同的葉子，開不同的花。

小能問小聖：「你知道哪一種是桑樹嗎？」

小聖嘟囔說：「我要是都認識這些樹，就一定會寫成牌子掛在樹上，讓人長長見識，也好讓人找到桑樹……唉，要是記得帶一片桑葉來就好了。」

小能忽然興奮地招呼小聖：「來看。」他

指著樹上的葉子，「這大概是桑樹。」

「有點兒像。」小聖說，「不過，我也說不準……」

就在這時，二郎神楊戩路過這裡。

「你們在找什麼呀？」楊戩停住雲頭向小聖、小能打聽，他總是怕便宜都給別人撿去了。

小哥俩便把為鐵扇公主找桑葉的事說了一遍。

「這到底是不是桑樹？」他們請教二郎神。

楊戩摘一片葉子細細辨認，心想：「這是『叫娘樹』，哼，讓這兩個小子上個大當！」他從不放過撿便宜的機會，也從不放過捉弄人的機會。

楊戩便對小聖、小能說：「不錯，這是上好的桑樹，鐵扇公主一定會重謝你們的。」

楊戩走後，小能問小聖：「沒帶籃和筐，採下桑葉怎麼裝？」

小聖想了想：「這樣，乾脆拔兩棵桑樹回去。」

鐵扇公主見小哥倆扛樹回來，十分高興：「二位侄兒辛苦了。就把樹種在洞門口吧，以後採摘桑葉就方便了。」

小聖和小能種好樹，又採了些葉子幫忙餵蠶。

吃飽了的玉光蠶開始吐絲了。一般的蠶一輩子只吐一次絲，而玉光蠶每天都吐絲，跟蜜蜂釀蜜一樣。

很快的，用這絲織成了美麗的玉光錦緞。

小聖說：「嬸嬸，我們還急著趕回去呢！」

「好，嬸嬸說話算話，給！」鐵扇公主借出芭蕉扇，「你們的牛大伯做客去了，回來我告訴他。」

「謝謝嬸嬸！」

小哥倆登雲起程，告別翠雲山。

鐵扇公主送客回洞，便喜孜孜地試穿用玉光錦緞縫製的新衣。

沒想到，一穿上錦衣，鐵扇公主就大叫起來：「唉喲！我的娘呀！」

侍女們慌了：「怎麼啦，夫人？」

「疼！渾身疼！」

兩個侍女幫鐵扇公主脫下新衣服，疼痛立刻解除了。

是衣服裡有鬼？但侍女們仔細檢查了幾遍，沒查出什麼。

「那」，鐵扇公主懷疑，「會不會是桑葉裡有名堂？」

侍女們趕緊去檢查桑葉。

很快得出結果：「夫人，這不是一般的桑葉。葉子上有細小的斑點，用陽光透視才能發現。」

這是叫娘樹的樹葉，與真的桑葉很難區別。玉光蠶吃了叫娘樹葉，吐出叫娘蠶絲，織成叫娘錦緞，縫成叫娘錦衣，難怪鐵扇公主要疼得叫娘了。

鐵扇公主咬牙切齒：「好哇，這兩個小子想捉弄我！」

她「唰」地拔出雙劍：「我豈能甘休！」

＊＊＊＊＊＊＊＊＊＊＊＊＊＊＊＊＊＊＊＊＊＊

再說小聖和小能，已經回到火焰山前。

小能從小聖手中奪過芭蕉扇：「我來搧！」

到底是寶扇，一搧，滿山大火立即熄滅。

「不行！」金獅太子又出現了，「我要煉寶貝，這火不能滅！」

金獅太子揮動鷹毛扇，一搧，再次燃起滿山火焰。

小能「哼」一聲：「你會再燒，我會再滅！」

芭蕉扇又搧滅了火焰山。

火焰山又被鷹毛扇點燃。

再滅。

再燃。

兩把寶扇互不相讓，此起彼伏……

小聖忍不住一躍而起，撲過去要奪金獅太子手中的羽扇——

只聽一聲高喊：「小獅子，我來助你！」

大家回頭看，見鐵扇公主舞動雙劍，飛來參戰。

小聖、小能糊塗了：「嬸嬸，你怎麼——」

只有一條髒手帕

鐵扇公主柳眉倒豎，杏眼圓睜：「你們竟敢用假桑葉騙我！」

小哥倆愣住了。

「假的？楊戩告訴我們——」

「這個壞傢伙！」

這時，金獅太子從岩穴中取出已有幾分法力的魔火金爐。

他朝小哥倆發狠：「不能化成灰，也要把你們烤得半熟！」

金獅太子高舉魔火金爐。金爐中射出紫光，將小聖和小能罩住，順便也將鐵

扇公主罩住了。

被紫光罩住的三人，情不自禁地原地轉起圈來。

小能一邊轉圈，一邊滿不在乎地說：「老君的丹爐裡我們都住了三天，你這小爐子還能奈何我們？」

但鐵扇公主沒鍛鍊過，轉著轉著就受不了了，終於倒了下來。

金獅太子立刻收了法寶：「闖禍啦，怎麼辦？」

小能對小聖說：「她被烤得昏過去了，咱們得想辦法救她。」

小聖說，「不救！誰叫她來打咱們！」

畢竟小能心腸軟，他讓小聖看著鐵扇公主，自己跑去求救了。

這時牛魔王已經回到翠雲山，聽侍女述說夫人為了叫娘錦衣的事追趕出去，不由勃然大怒，操起一把大刀，就來為夫人助威。

牛魔王趕到火焰山前，見鐵扇公主昏倒在地，便朝小聖和金獅太子怒吼道：

「大膽的壞小子，竟敢傷害我夫人！」說著掄起大刀就劈過去。

小聖忙用石筍架住大刀：「您就是牛大伯吧？您聽我說——」

牛魔王說：「得先救夫人，沒空兒聽你們說了！」

牛魔王「吧」地扳下一隻牛角，對著小聖和金獅太子念咒語——

牛角尖，
牛角尖，
進去容易出來難！

只聽「嗖」的一聲，小聖和金獅太子被收進牛角尖裡，不見了。

牛魔王裝上牛角，背起老婆。

牛角裡一片漆黑。

金獅太子說：「這下咱倆遭殃了。」

小聖說：「咱們成了難兄難弟啦！」

金獅太子說：「我來搖動救命鈴，把我爸爸找來。」

他扭幾下脖子，項圈上的金鈴就響起來。

「叮咚！叮咚！」

牛魔王覺得牛角裡不太安靜，就大吼一聲：「小傢伙瞎鬧什麼？」

牛角裡，小聖問金獅太子：「你爸爸是誰？」

金獅太子說：「移山大聖獅駝王！」

「啊，我正要找他！」

* * *

獅駝王正在家裡睡大覺，忽然四肢騰空蹦了起來，落下，翻了個身又睡著了。

第二次又身不由己地蹦了起來！

這回腦袋撞上了天花板，撞醒了。

耳邊響起「叮咚！叮咚！」獅駝王大驚：「不好，我兒子遇上危險了！」

獅駝王抓起他的神珠繡球，不顧一切地衝出門去。

步行太慢，最好是駕雲。但今天正好是晴到少雲，好不容易等到的幾朵雲都有人。最後只好和人家商量，跟人家順路同搭一朵雲。

救命鈴聲把獅駝王引到一處山野，一座洞府前。

獅駝王不由分說，拋出神珠繡球，將那緊閉的洞門「咚」地打破。

牛魔王立刻奔出，嚷道：「何方狂徒，吃了豹子膽啦？」

獅駝王說：「我有獅子膽，豹子膽算什麼？」

牛魔王定神辨認：「你是獅四弟嗎？」

獅駝王也認出來了：「牛大哥！五六百年沒見了呢！」

弟兄倆正要細敘別情，忽聽牛角裡大叫：「悶死了，快把我們放出來！」

獅駝王聽出：「這是我兒子的聲音！」

牛魔王便扳下牛角，放出金獅太子和小聖。

獅駝王摟住兒子：「我的兒，你受委屈了！」

牛魔王卻覺得這話不怎麼動聽。

牛魔王道：「說什麼委屈，我夫人還昏迷不醒呢！」

老哥倆爭執起來。小聖不想看熱鬧，便要離開。

金獅太子問小聖：「你上哪兒？」

小聖說：「我還有四封請帖要送呢！」

「我也去！」

難弟難兄便一路同行。

此時的小能，為了搶救鐵扇公主，趕往南海，想找好心的觀世音菩薩幫忙。

還沒到落伽山，便在海上遇見觀世音身邊的善才童子。

小能叫：「善才哥哥，去哪裡？」

善才說：「菩薩派我去訪查人間苦難。你知道哪裡需要救援麼？」

小能笑道：「這真是『踏破鐵鞋無覓處』！我是特地為了鐵扇公主——」

「我媽媽？她怎麼了？」善才驚問。

小能一愣，才想起爸爸說過的，善才原叫紅孩兒，是牛魔王和鐵扇公主所生，曾在號山火雲洞當妖怪，後來被觀世音菩薩收養了，改成

現在的名字。小能便說：「你媽媽被魔火金爐烤昏了。」

善才急了，忙道：「謝謝你報信。我馬上去向菩薩借楊柳淨瓶。」

善才立即趕回落伽山。

小能便要再去找小聖。

忽然聽到哭聲，「哇，誰在哭？」小能大聲問。

「我是鷗仙子……」

只見礁石上坐著一位白衣少女，哭得好傷心。

小能踏著海浪走到少女身邊。

「別哭了，」小能從來沒安慰過女孩子，一時有些不知所措，「我能幫幫你嗎？」

鷗仙子抽泣著：「你有手帕嗎？我的十條手帕都哭濕了。」

小能說：「我只有一條手帕，還挺髒的，你不能用。既然……既然沒手帕

了，你就不要哭了吧！」

但手帕濕透了可以用袖子，鷗仙子照樣哭。

小能急得抓耳撓腮：「到底為什麼……是誰欺負你了？」

鷗仙子哭得更厲害了。

小能便從耳朵裡掏出如意石杵，變——變大，「咚」的一下，把堅硬的礁石搗下一大塊。

鷗仙子嚇一跳，淚水卻也止住了，便向小能述說起傷心事。

原來，鷗仙子有面明月寶鏡。每當不出月亮的夜晚，她就拋起寶鏡，讓它高懸海空，照耀海面如同白晝。

她會招來螺姐蚌妹，在銀光碧波間盡情嬉戲。

這情景被偶然路過的李天王看見了。

沒頭救命箭

李天王說：「天上只能有一個月亮，你們弄出這假月亮，是觸犯天條的呀！」

鷗仙子她們從沒見過天條，不知道犯了天條會怎樣處罰，所以都被嚇呆了。

「既然這樣，」鷗仙子便讓明月寶鏡飛回懷中，「我們不再使用就是了。」

「不行，」李天王伸出大手，「假月亮給我，充公！」

螺姐說：「什麼充公，是你自己想要吧？」

蚌妹說：「想要別人的寶貝，臉皮真厚！」

「照你這麼說，誰臉皮厚，寶貝就歸誰？」李天王摸摸自己的臉，「那你們可

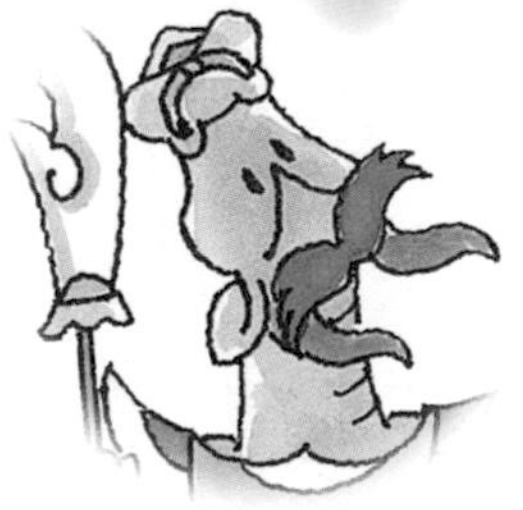

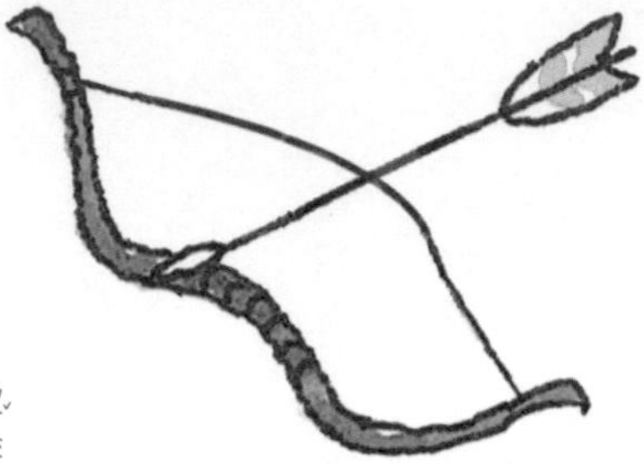

比不過我。」

李天王乘鷗仙子不備，一把搶過明月寶鏡。

眾姐妹急了，趕緊往回奪。

李天王「唰」地拋出一物：「看我的捆仙繩！」

剎那間，捆仙繩將三姐妹緊緊捆住。

李天王哈哈大笑，明月寶鏡裡照進他貪婪的醜態。

正得意呢，只聽「嗖」的一聲，從波濤間飛出一枝箭，直射李天王的手腕。李天王大吃一驚，慌忙躲過箭頭。可是緊接著，此箭帶起的海浪，排山倒海地壓向李天王……

李天王被澆傻了。等波浪過去，水淋淋的李天王抹把臉，這才發現手中寶鏡不見了。

「我乃覆海大聖蛟魔王，知道我射潮弓的厲害了吧？」蛟魔王一手拿弓，另一手護著明月寶鏡，「你身為天神，幹此勾當，太不自重了！」

李天王面不改色：「說得好，該獎賞。你說到『自重』，我這兒正巧有個自重金鎖，你能戴就送給你。」

李天王取出金鎖項圈，套到蛟魔王脖子上。

蛟魔王自己用寶鏡照照：「還不錯，挺帥的。」

話音未落，項圈上的小金鎖開始變大，越變越大……

「怎麼回事？」

要脫已經脫不掉了。

又大又重的金鎖套住蛟魔王，使他身不能移，頭不能抬。

李天王不慌不忙地又把寶鏡奪過來，對

蛟魔王說：「知道什麼叫『自重金鎖』了嗎？」

蛟魔王沮喪地回答：「知道了，就是自己會變重！」

李天王得意非凡地高舉寶鏡，又把綁著三姐妹的捆仙繩收回，搖頭晃腦上天去了。

鷗仙子失了寶鏡，又覺得連累了蛟魔王，越想越難受，因此啼哭不止。

小能聽了述說，按捺不住：「真氣人，快帶我去看蛟大叔！」

小能和鷗仙子下潛到深深的海底，找到了套著大鎖的蛟魔王。

小能舉起石杵，一陣猛砸，可這鎖砸不開，搗不壞。

「別砸了，小能，」蛟魔王說，「從我箭囊裡取一枝黑羽箭。」

小能就到蛟魔王身後的箭囊裡去找。箭囊裡都是白羽箭，所以很容易找到唯一的一枝黑羽箭。

蛟魔王說：「這枝箭是我兄弟混天大聖鵬魔王送我的，快把它射出去！」

小能覺得這箭好奇怪：「怎麼沒有箭頭？」

「不要問了，快射！」

「朝哪兒射？東？南？西？北？」

「隨便，射出去就行！」

小能就把這沒頭箭搭在射潮弓上，拉開，「咻！」

射出去的箭在空中拐了個彎，很快地飛走了。

這箭上有鵬魔王的羽毛，所以它自己能飛回鵬魔王身邊。

鵬魔王正在自己跟自己下棋，一會兒跑到紅方去「將軍」，一會兒替黑方喊「別忙」……

這時他的箭飛回來，正射在他的屁股上，「唉喲！」

所以這箭不能有箭頭，這是求援救急箭。

「看來是二哥有難，我怎能不救！」

鵬魔王扛起他的遮日蔽星旗，朝著求援箭飛來的方向急急趕去半路上，鵬魔王遇見送請帖的小聖和金獅太子。

小聖向鵬魔王打聽：「您知道混天大聖的家在哪兒？」

鵬魔王說：「混天大聖正要去找覆海大聖，家裡沒人。」

小聖說：「好，我們正好同路！」

他們同行了一會兒，又遇見善才童子。

鵬魔王問：「善才賢侄，去哪裡？」

善才答道：「向菩薩借了柳枝淨瓶，回去救治母親。」

鵬魔王囑咐善才：「跟你爸爸說一聲，二哥出事啦！」

「知道了，三叔。」

善才童子趕回翠雲山芭蕉洞，牛魔王和獅駝王還沒吵夠——

「大哥，你太不講義氣！」

「你才不像話呢！」

老哥倆吵得很投入，沒發現有人進來。

善才也顧不得勸解他們，先到母親床邊，用柳枝蘸了回春甘露，灑了幾滴在母親額頭。

鐵扇公主睜開眼睛，看見了兒子，「兒啊！」她笑了，但隨即又皺起眉頭，「外面是誰在吵鬧，不能讓我安靜一會兒嗎？」

善才便出去勸說：「爸爸，四叔，你們可以找個不吵別人的地方去吵。」

牛魔王擺擺手：「別急，就快吵完了──我說四弟，你兒子用魔火金爐傷人，這可不是小事，你大嫂要是有個三長兩短，怎麼辦？」

善才插嘴說：「多虧小能來報信，我才借了柳枝淨瓶來搶救，總算沒有三長兩短。」

牛魔王這才發現兒子回來了。進裡屋看，發現妻子醒來了。他有些慚愧，為

自己來得比妻子醒來得晚。

「爸爸，」善才又道，「三叔要我告訴您，二叔出事了。」

「怎麼不早說，快走！」

牛魔王大概悟出了一點兒：少發些沒用的火氣，多做些有用的事。

他們立刻動身，去海裡搭救蛟魔王。

但到了海邊，獅駝王卻不能下水，只能在岸邊焦急等待。能下海的都下海去了，包括鐵扇公主。

可是過了一會兒，牛魔王和鵬魔王冒出海面，說：「試過所有兵器，都打不開二哥脖子上的大鎖！」

獅駝王說：「聽著，你們把二哥抬上來，讓我也盡力試試。」

蛟魔王被抬上岸來。

獅駝王擲出他的神珠繡球——「啪啦！」「自重金鎖」斷成兩截。

蛟魔王活動活動脖子，立刻跳上半空，高呼口號：「去找李天王算帳！把鷗仙子的寶鏡奪回來！」

老兄弟和小兄弟們一起出發。正好遇到多雲天氣，不愁沒雲可駕了。來到南天門外，站得難受的守門天將有事做了，老遠就吆喝：「幹什麼？誰讓你們來的？」

大家推舉牛魔王上前交涉，因為他的嗓門可以壓倒對方——

「叫李天王出來！」

事情壞在狗身上

一位官員走出來。

小能說：「這不是溫天君嗎？」

小聖說：「這回看他玩什麼花樣。」

溫天君東拉西扯地解釋：「李天王很忙。不，他去旅遊了。對了，他哪兒也沒去，他生病了，病得很重……」

溫天君一邊胡扯，一邊用指頭在背後做手勢。

那天將接到暗示，趕緊去給李天王報信。

李天王一邊聽著，一邊點頭：

「好，好。」

李天王去向玉帝奏報：「陛下，牛魔王等上天造反，應該發兵剿滅。」

玉帝說：「好久沒發兵了，發兵就發兵吧！」

李天王便來調兵遣將。

「巨靈神。」

「在！」

「命你為先鋒，拿出本事去打！」

「遵命……可是，為什麼要打？」

「為了，為了證明你有本事呀！」

鼓手們列隊在南天門前，擂起鼓來。

金獅太子問爸爸：「敲鼓了，是歡迎咱們嗎？」

獅駝王說：「這是戰鼓，要打仗了。」

「哇，打仗好玩！」

巨靈神提一對大錘出陣了。

巨靈神說：「要是你們懷疑我會贏，那就打打看。要是不懷疑，就不用打了。」

小聖對牛魔王說：「讓我和小能去會一會他。」

牛魔王說：「要小心！」

小聖、小能就去招呼巨靈神：「老朋友，老朋友！」

巨靈神想不通：「既然是老朋友，為什麼要打仗？」

小聖說：「第一，不是我們要打。第二，即使要打，

也不該是你跟我們打。第三，李天王霸占了鷗仙子的明月寶鏡，不想歸還，還要打別人，是他該打。」

巨靈神想通了：「這麼說，我應該去打李天王。」

小能說：「對呀，對呀！」

「可是，」巨靈神又覺得為難，「他是我的主帥呀！」

「我幫你想個好辦法，」小聖說，「可以做了你該做的事，主帥又不會怪你。」

小聖叫金獅太子取出鷹毛扇：「瞄準李天王的空中帥營，把巨靈神搧過去。」

金獅太子就照小聖說的，瞄得準準的，一揮扇子——

「嗖——」

身軀龐大的巨靈神騰空飛起。

李天王正在帥營裡玩賞明月寶鏡，只聽「咚」的一聲，營帳被砸壞，巨靈神從天而降，摔了下來，還好沒摔傷，因為有李天王墊在底下。

李天王叫著：「唉喲，我的腰，我的腰！」

巨靈神先解釋自己飛來的原因，然後指責李天王不該搶人家的寶貝：「要是我搶了別人的寶鏡，我會不好意思照它……」

「行了，行了。」李天王忍著腰疼，安撫巨靈神，「回去休息吧，順便叫人來修修我的帥營。」

一邊修著帥營，李天王一邊再請良將。

李天王去找二郎神楊戩：「朋友，辛苦一趟吧！」

楊戩問：「有什麼好處？」

李天王說：「要是打勝了，戰利品挺多的。有獅駝王的神珠繡球、蛟魔王的射潮弓、鵬魔王的遮日蔽星旗、鐵扇公主的芭蕉扇、金獅太子的魔火金爐……」

說得楊戩心裡癢癢的，急問：「怎麼個分法？」

「當然一家一半嘍！」

「對半？不幹。」

「那就四六分？三七分？」

「依我說，誰搶到就歸誰。」

李天王要靠楊戩當主將，只好答應。

＊＊＊＊＊＊＊＊＊＊＊＊＊＊＊＊＊＊＊＊

再說南天門外。這時，通風大聖獼猴王和驅神大聖禺狨王也趕來了。

牛魔王問：「二位賢弟怎麼來了？」

獼猴王笑道：「我是通風大聖，什麼消息瞞得過我。」

正說著，二郎神楊戩舞動三尖兩刃刀，帶著哮天犬，出陣挑戰。

覆海大聖蛟魔王搶先迎戰，喝道：「楊戩，快叫李天王早早交出寶鏡！」

楊戩說：「他要是肯交出，應該先交給我，也輪不到你們呀！」

蛟魔王怒衝衝一槍刺去，被楊戩架開，雙方「乒乒乓乓」廝殺起來。

眼看蛟魔王難以取勝，獅駝王持神珠繡球上前助戰。接著，牛魔王持大刀，禺狨王持畫戟，也一起出陣圍攻楊戩。

二郎神真不含糊，霎時間變成三頭六臂，三支三尖兩刃刀舞得風車一般，殺得四大聖無法近身。

雙方苦戰，正難分勝負。只聽狗叫聲，哮天犬來幫主人。這惡狗一口咬住禺狨王的小腿，禺狨王頓時丟下畫戟，痛叫掙扎。其餘三大聖也不敢戀戰，救了禺狨王，匆匆收兵。楊戩初戰得勝，大笑回營。

大聖們吃了敗仗，難免神色懊喪，言語抱怨。

小聖剛聽消息靈通的獮猴王說道：「這哮天犬其實是夜盲眼……」不由靈機

一動：「我有主意了！」

按小聖之計，鵬魔王先展開他的遮日蔽星旗。光天化日立刻變得伸手不見五指，天兵天將亂成一團。接著，獅駝王拋出神珠繡球，正打在李天王新修好的帥營上，發出很響的一聲——「咚！」

哮天犬以為敵人來了，牠這個夜盲眼亂撲亂咬，咬得兵將們亂罵亂叫。不一會兒，李天王也叫起來：「唉喲！畜生，怎麼咬起我來了！」手下天兵提醒他：「快把這裡照亮，讓牠看清熟面孔，不然這狗不會鬆口的！」

李天王只好拋起明月寶鏡，立刻照亮帥營四角。

李天王叱道：「瞎狗，這下看清楚了吧？」

沒想到牛魔王等早已趁黑摸進帥營。此時牛魔王伸手取得寶鏡，順口應道：

「看清楚了，這叫『捉賊捉贓』！」

傳來一陣大笑，只見楊戩手執兵器堵住了去路：

「下界妖魔，膽敢冒犯天神，我讓你們有來無回！」

「好哇，二郎真君，要不要再較量一次？」

大家一瞧，說話的是八戒。原來八戒已知道消息，特來相助弟兄們。

楊戩卻與李天王耳語道：「八戒一來，咱們就占不到上風了。再說，鬧到玉帝那兒，你也不光彩，不如……」

反正李天王臉皮厚，認輸就認輸：「諸位，吾等多有得罪，就此罷兵吧！」

一聽勝利了，小聖、小能比誰都歡欣。

八戒說：「且喜諸位兄弟都已聚齊，就到我家暢敘一番。」

七大聖的聚會極是難得，也就分外熱鬧。美酒不可少，反正，喝到後來，誰老大？誰老二？誰老三？……他們全都記不清楚了。

裝不滿的吸寶盤

大晴天忽然傳來滾滾雷聲。

小聖、小能忙出門看：「咦，雷車來幹什麼？」

雷神遞過一封信：「剛才去降雨遇見小白龍，他要我帶信給你們。」

「謝謝雷神大叔！」

小聖讀了信，告訴小能：「小白龍今天過生日，請咱倆和楊家兄弟去做客。」

小能很高興：「那我早飯就不吃了。」

小聖說：「你去轉告楊家兄弟，我來準備禮物。」

「行，咱們龍宮相見！」

小能去找楊不輸、楊不敗，他在窗外「哇啦哇啦」地將事情說一遍。

楊不輸和楊不敗當然很願意去做客：「可是，沒辦法，爸爸叫咱們數錢呢！」

楊戩平時不怎麼管孩子，但有時也想到不教育不行。今天正好有空，就來教孩子：「想要賺錢、贏錢，先得學會數錢。」他拿了一大口袋錢，讓不輸、不敗數到銅盆裡。

小能見楊戩不在屋裡，就對楊家兄弟說：「你們可以跳窗溜走！」

「不行，」楊不敗說，「爸爸就在隔壁，他聽不到銅盆裡的『噹噹』聲，馬上就會發覺的。」

小能說：「辦法肯定有的，讓我們把它想出來。」

這個辦法就等在那裡，看他們三個誰先找到它。

今天小能的腦子特別靈活：「不輸，聽我的，拿起你的狼牙棒。」

楊不輸拿起狼牙棒。

「打破你的錢口袋。」

不輸雖然不明白，但還是照辦了。

最後，楊家兄弟跳窗溜走。屋裡，錢口袋高高掛起，錢幣從破洞裡一個個掉出來，打響銅盆，「噹！噹！噹！噹！……」

隔壁躺椅上，二郎神瞇起眼睛，把這「噹噹」聲當音樂聽。

這時，小能和不輸、不敗駕雲疾行。不敗說：

「見到海啦！」

小能說：「小白龍是在東海，這好像是南海。」

不輸說：「小白龍過生日，我送他一對永不會化的冰手鐲。」

不敗取出條圍巾讓小能試戴：「我送他這條火圍巾，冬天戴上可暖和了。」

但現在不是冬天，小能被焐得直冒汗。小能說：「我們的禮物肯定更棒！」

楊家兄弟說：「那咱們就等著瞧吧！」

沒想到，這些話都被藏在水下的鯊影大王用偵密螺偷聽到了……

兩個鯊魚精的洞府建在一座暗礁上。

鯊影大王與匆匆跑回家去：「大哥，好買賣來啦！」

鯊威大王問：「兄弟，又有商船來了嗎？」

「不，是三個娃娃，帶來兩件少有的寶貝。」

「好，搶！」對海盜來說，有寶貝不搶是違反職業道德的。

二鯊精各持兵器，竄出海面：「喂！留下寶貝，放你們活命！」

小能指指耳朵眼兒：「我這裡倒有一樣寶貝。」

他摳出小小的石杵，放在掌心：「這是我的如意兵器，拿得動就歸你們。」

鯊威大王接過小石杵，笑道：「這小玩意兒，做我的牙籤還嫌太短！」

小能便叫：「長！長！長！」

小石杵變成大石杵，特大石杵，超大石杵……

「好重！」鯊威大王拿不動了，加上鯊影大王也不行，「這兵器不好，不要了！」

「可是你們倆的兵器好怪。」楊不敗說。

鯊威大王便來介紹：「這是鯨目流星錘。稀奇的是，這錘打在身上一點兒也不疼。」

小能說：「這算稀奇？」

鯊影大王說：「不疼，卻是癢得難受。」

不輸問鯊影：「你的兵器是一對魚刺，有什麼出奇之處？」

鯊影說：「這是毒魚刺。誰被刺中，又腫又痛。」

鯊威趕緊捂他的嘴：「傻瓜，別把有毒告訴人家呀！」

小能便問：「中了毒刺，怎樣解救呢？」

鯊影聽哥哥的話：「不能告訴你。」

小能便突然奪過毒刺，在鯊影大王的鼻子上刺了一下。

鯊影的鼻子立刻腫得老高。

他只得求救：「大哥，快幫幫忙！」

鯊威無奈：「為救兄弟，也顧不得保密了。」

鯊威大王甩動鯨目流星錘，「咚」的一錘，正打在鯊影大王的鼻子上。

鯊影的鼻子馬上消了腫。

「嘿，」小能笑道，「這倒是以毒攻毒。」

「那麼，」楊不敗說，「要是反過來，被錘打得癢起來，是不是也可以用毒刺解救？」

小能說：「咱們再試試。」

「別試了！」

「快跑！」

二鯊精慌忙逃走。他倆躲在海藻叢中，只聽飄來一聲冷笑：「是誰把你們嚇成這樣？」

這是海帶婆。又亂又密的海帶是她的長髮，幾乎遮掩住她全部面容，使這老婆子顯得陰沉莫測。

二鯊精便把剛才的遭遇說了一遍：「海帶婆，幫咱兄弟一把吧！」

海帶婆說：「這容易，可我不能白幫呀！」

鯊威問：「您想要什麼？」

海帶婆從懷裡掏出一個瓷盤，比手掌大不了多少，她提出：「只要用你們搶來的珠寶把這盤子裝滿。」

「好說，好說！」二鯊精一口答應。

鯊威將一大串玉葡萄放到盤中，正好滿滿一盤。

可是，一眨眼的工夫，玉葡萄串兒癟下去，小下去，最後變成盤子中央的一個葡萄圖案。

海帶婆讓二鯊精摸摸依然空空的盤子：「還沒裝滿呀！」

鯊影又趕緊添上一大把珍珠項鍊。可是項鍊也變小了，最後成了圍繞盤底的一圈花紋。

海帶婆又冷笑了：「這叫吸寶盤，你們一輩子別想裝滿它。」

「哎喲，饒了我們吧！」

「以後一定多多孝敬！」

海帶婆說：「看你們可憐，以後再說吧，隨我來！」

二鯊精隨海帶婆來到一處深淵邊上。這裡面海草如蛇，相互纏繞：「你們瞧，這叫海草陷阱，一旦踏進去，可就不容易脫身了。」

「好是好，」鯊威大王說，「可那幾個小子怎麼肯到這兒來呢？」

海帶婆胸有成竹：「咱們再找蜃十郎幫忙。」

正說著，鯊影大王突然朝前一指：「咦，海底竟有這麼漂亮的塔！」

求真寶花

順著鯊影所指的方向，鯊威抬頭望去——

「不對呀，兄弟，不是塔，是座鐘鼓樓。」

鯊影再看，果然是鐘鼓樓：「嗯？是我眼花看錯啦？」

他們走進樓裡，東邊一個大鼓，西邊一座大鐘。

鯊威說：「兄弟，我來撞鐘，你來擊鼓！」

但沒等他們撞到鐘，擊到鼓，眼前景象就顯得模糊了……

怎麼又變了？

他們置身在一座金殿之中，珊瑚椅上標著「海王寶座」四字。

鯊影大王興匆匆走向寶座：「讓我坐坐。」

鯊威大王搶前一步：「我是哥哥，該我先坐！」

鯊影大王縱身一躍，越過哥哥的頭頂，接著來個空中轉體，穩穩地落向寶座——

然而他卻重重地摔到了地上。

海王寶座不見了，宮殿不見了，四周全是礁石和海草。

海帶婆連聲稱讚：「蚤十郎真是好本事！」

一位唇紅齒白、背上張著兩扇蚌殼的少年，很有風度地向鯊影道歉：「我正

在練習噴吐蜃樓，沒想到使你受痛，在此賠禮了。」

海市蜃樓，千變萬化，這是蜃家族的過人技藝，但也只有苦心磨練者，才能出類拔萃。

海帶婆賠著笑向蜃十郎請求：「我老婆子想要一座你噴的蜃樓。」

蜃十郎說：「這種房子是不能住人的呀！」

海帶婆便抹起眼淚來：「我老婆子一輩子沒住過好房子，有座假樓風光風光也好啊！」

「別哭了，」蜃十郎心軟，「我答應您就是。」

海帶婆把蜃十郎帶到海草陷阱邊，蜃十郎從懷裡掏出一顆珠子。

海帶婆告訴二鯊精：「這是蜃珠，就用它噴出蜃樓。」

這時小能和楊家兄弟正在東張西望：「兩個鯊魚精跑哪兒去啦？」忽見海上現出一座八角樓臺。

他們走近樓臺，小能大喊：「鯊威！鯊影！你們在不在裡面？」

沒人答應。

他們走進樓臺，迎面有個挺像花轎的小間，標著「千尺飛轎」，飛轎頂上有繩索牽著。

楊不輸說：「這飛轎一定直通海底。」

楊不敗說：「坐飛轎一定很刺激。」

小能說：「三個人坐得下的。」

他們三個便一起踏進飛轎——

飛轎消失了，他們跌進海草陷阱。

三人的手腳立刻被海草纏得動彈不得。

高高的陷阱口上，兩個鯊魚精幸災樂禍地大聲吆喝：「聽說過海市蜃樓沒有？」

「遇見蚤十郎，讓你睜著眼睛上大當，哈哈！」

那海帶婆不慌不忙地潛入海草陷阱，那些海草不會纏住她。她從楊不輸身上搜走冰手鐲，從楊不敗身上搜走火圍巾。氣得楊家兄弟瞪眼大罵：「賊婆子，不要臉！」

海帶婆說：「好，該罵。拿了人家東西不挨罵，我會覺得不公平。就像做生意一樣，應該兩邊都不吃虧。你們的東西貴重一些，可以多罵幾句。」

又聽楊家兄弟痛罵了一氣，海帶婆就心安理得地離開了陷阱。

等在陷阱口的鯊威、鯊影立即迎上前去，鯊威奪走了冰手鐲，鯊影奪走了火圍巾。

海帶婆大怒：「你們竟搶到我身上來了！」

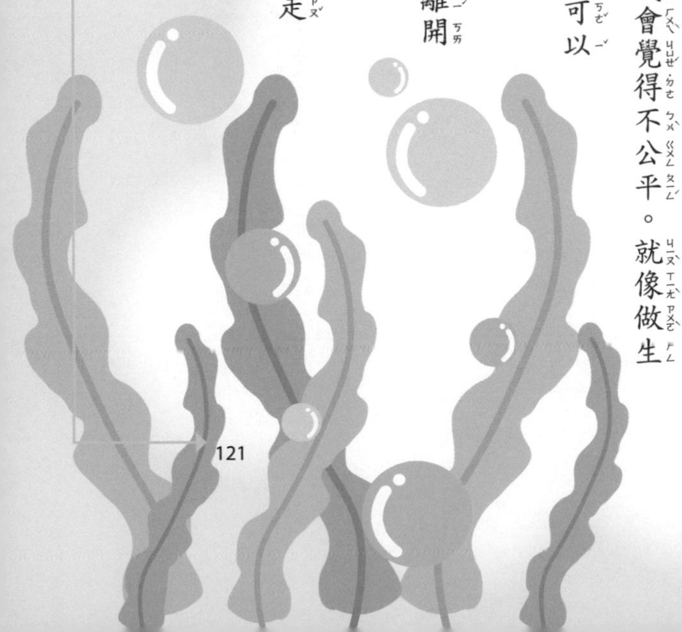

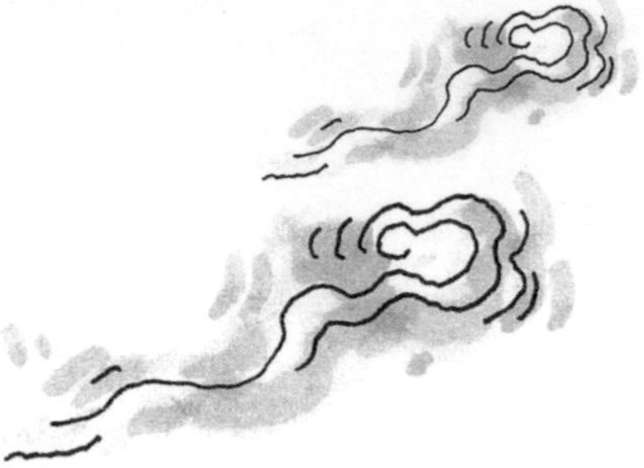

鯊影說：「反正也不是您的。」

鯊威說：「我們還想搶您的吸寶盤呢！」

海帶婆愣了愣，隨即平靜下來，乖乖地將吸寶盤遞給二鯊精：「拿去吧！」

二鯊精大喜。

海帶婆一聲不吭，又跳進了海草陷阱。

鯊精驚詫道：「您又下去做什麼？」

海帶婆說：「我去把那幾個小子放出來，你們等著吧！」

「那不行！」這可把鯊精嚇壞了，「我們把寶貝都給您！」

「我們跟您鬧著玩呢！」

海帶婆冷笑一聲，便又出了陷阱。她收回吸寶盤，又把冰手鐲和火圍巾收進吸寶盤。

「這還不夠，」海帶婆對鯊威、鯊影說，「把你們的衣服也脫下來。」

二鯊精只得照辦。

「你們以為我要這衣服？一股魚腥臭！」海帶婆一腳將鯊精衣服踢進海草陷阱，「這是教訓你們一下，看誰以後還敢欺負我老婆子！」

這時陷阱裡的三個小夥伴可受苦了。

不敗說：「這海草越纏越緊了！」

小能說：「小聖能來救我們就好了。」

＊＊＊

小聖在哪兒呢？

為了給小白龍準備生日禮物，小聖來到太乙真人的寶花園。

寶花園裡全是讓人說不上名兒來的奇花異卉。太乙真人正提桶握

瓢，一株一株地細心澆灌。

「老仙長！」

「原來是小聖，有什麼事嗎？」

「今天是小白龍生日，我想要一枝寶花當禮物。」

太乙真人挺好說話的：「你自己挑選吧！」

可是，小聖看來看去：「這麼多花，怎麼都沒開放？」

太乙真人說：「每天只開一種，你再仔細找找。」

小聖都找出汗來了，終於找到一棵開放著的藍色小花。

太乙真人接過小花，介紹說：「這叫求真寶花，在它面前誰都沒法弄虛作假。」

小聖來勁了：「我倒想試一試。」

話音剛落，小聖倏地不見了。

「咦，小傢伙哪兒去啦？」太乙真人東張西望；他看見花叢中混雜著一株狗尾巴草。

太乙真人笑道：「我的園中哪有狗尾巴草！」便手持寶花，口中念道——

真真假假真真假，
假假真真假假真，
狗尾巴草現原形！

只見那狗尾巴草搖了幾搖，露出小聖的本相。

「好厲害的寶花！」但小聖還不服氣，「待我再次變化。」

小聖又不見了。

太乙真人看見有隻蜻蜓和蜜蜂們一起，在花叢裡飛來飛去。

「要變天時蜻蜓才低飛，今日天氣多好！」太乙真人又對寶花念咒語：「蜻蜓現原形！」

原形畢露的小聖「啪」地摔到地上。

小聖發誓：「要是再輸了，我就不姓孫！」

小聖又變成一隻黃雀，乘真人不備，一口叼走了寶花。

真人忙叫：「黃雀兒，還我寶花！」

寶花悠悠轉轉地飄落下來。

這兒是陷阱

太乙真人接住寶花，立即念咒：「黃雀現原形！」

可是黃雀還是黃雀，小聖沒有出現。

真人想：「大概變成別的什麼了？」

他又念：「烏鴉現原形！」

還是沒動靜。

「蝙蝠現原形！……蝴蝶現原形！……蝸牛現原形！……」太乙真人急得出汗，他再也找不到小聖了。

「喳喳喳！」樹上鳥叫聲聲脆。

真人抬頭看，那隻黃雀停在樹枝上，從翅膀底下叼出一枝花來。——真人恍然大悟，原來自己手上的寶花是小聖變的假貨。用假貨辨別假貨，還會有什麼好結果？

黃雀說：「黃雀現原形！」於是小聖手持寶花從樹上跳下來，「多謝仙長贈花！」

真人再看手上，卻是一根猴毛：「小調皮鬼！」

小聖立即告別：「我得快去，小白龍和小能他們一定等急了。」

小白龍真是等急了：「怎麼還不來！」

他出了龍宮，東張西望地一路行去，可就是看不到好朋友的身影。

路過南海時，小白龍總算遠遠望見小聖來了，急匆匆的，拿著一枝花。

小白龍自語：「讓我來跟他玩玩。」

小聖正急著趕路，見飛來一隻海鷗，前前後後繞了幾圈，叫了幾聲，還冷不防地在他頭皮上啄了一口。

小聖正要去追海鷗，又想：「哪有這樣大膽的海鷗？會不會是——」

想到這兒，便舉起寶花，念動咒語：

真真假假真真假，
假假真真假假真。
大膽的海鷗給我現原形！

那海鷗上下盤旋，剛到高處……咒語一出，小白龍立刻現形，從空中摔下，濺起老高的浪花。

小聖哈哈大笑，隨即遞過寶花：「這就是送給你的生日禮物。」

小白龍高興地收下求真寶花，又問：「小能和楊家兄弟怎麼沒有來？」

「咦，他們早該到了呀！」

正說著，他們發現遠遠的海面上聳立起一片華麗的宮闕。

小聖說：「這是什麼時候冒出來的？跟你家水晶宮一模一樣。」

小白龍說：「可這裡是南海，真奇怪。」

「我們去瞧瞧。」

他們踏浪而行，轉眼到了那宮殿前面，走進宮門。

「哎喲！」小白龍驚歎，「這兒比水晶宮還富麗堂皇！」

小聖說：「地方倒挺大的，怎麼沒人住？」

宮中有宮，門後有門。他倆進進出出，彎彎繞繞，不一會兒就已分不清東西南北，找不到出宮的路了。

小聖問小白龍：「你是海裡長大的，總該聽說過這地方？」

小白龍思索一番，忽然想到：「哦，這大概是……讓我試一試。」

小白龍朝著粗壯的雕花石柱一頭撞過去。

「你幹什麼？」小聖已來不及勸阻。

小白龍的腦袋沒有受傷，柱子也沒受傷，只是有一截被撞散了，搖晃了幾下就拼攏復原了。

「我知道了，」小白龍說，「這是蜃樓。聽說南海的蜃十郎噴吐蜃樓最有本事。」

小聖明白了：「原來這宮殿是虛幻之物，可用寶花對付它。」

小白龍剛剛取出求真寶花，立刻毫光四射，四周景物顯得黯淡失色，轉瞬間消失得無影無痕。蜃十郎立刻出現：「誰在搗亂？壞了我的宮殿！」

小聖說：「你就是蜃十郎吧？為什麼要造這虛幻之宮，讓人上當？」

蜃十郎「哼」一聲，「我又沒請你們進宮！」

小白龍對小聖說：「別跟他多纏了，快去找小能他們吧！」

可是茫茫大海，何處找尋？

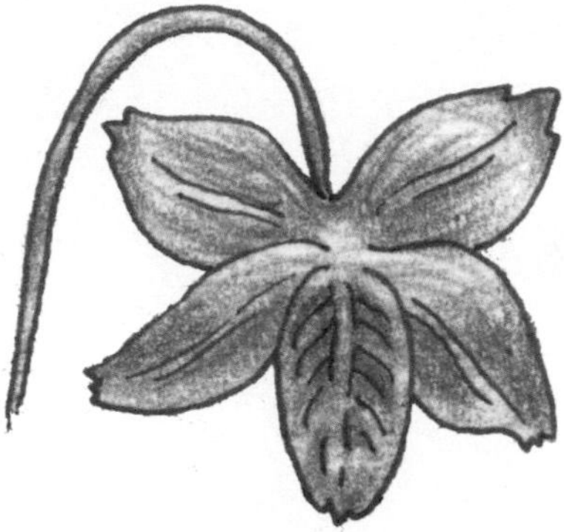

有道是「鼻子底下是路」，只要虛心肯問，「請問二位，有沒有看見我們的三位夥伴？」

但他們遇見的「二位」正好是臭名昭著的鯊威、鯊影兄弟。

鯊威說：「你們只要朝海草最密的地方跳下去。」

鯊影說：「他們在那裡等著你們呢，快去呀，哈哈！」

蜃十郎就在附近，很清楚地聽到這段對話。他暗想：「我應該提醒小白龍他們別上當——可是，誰叫他們剛才這麼沒禮貌！」

這樣想著，蜃十郎就不管閒事，走開了。

小聖對兩個鯊魚精說：「儘管你們倆醜得厲害，但因為你們的幫助指點，我們還是應該說聲謝謝。」

鯊威沒好氣地說：「儘管你們謝了我們，但因為你們說我們醜，我們還是不高興。」

「快走吧，」鯊影催著小聖、小白龍，「我們要商量事情了。」

小聖和小白龍就去尋找小能和楊家兄弟。

但一邊走著，小聖一邊忍不住琢磨：「剛才那二位要商量事情，為什麼叫我們快走？」

小白龍猜道：「大概是不想讓我們聽見。」

「本來不想聽的，這下非聽不可了。」小聖就是這脾氣。他立刻取下一隻耳朵，拋出去，讓它悄悄跟隨二鯊精——這叫「遠聽法」。

「你聽見什麼了？」小白龍問小聖。

「我聽見——」小聖一邊聽一邊複述給小白龍，「他們一個說：『今天忙了半天，一場空！』一個說：『蜃十郎的蜃珠也算是樣寶貝，把它搶過來吧？』」

小白龍著急道：「蜃十郎要遭搶了，咱們幫他一把吧？」

「可是，」小聖一撇嘴，「誰叫他剛才那麼不客氣呢！」

小聖收回耳朵，不再去管鯊魚精和蜃十郎的事了。

再說海草陷阱裡，小能和楊家兄弟隱隱聽見上面傳來呼喊聲：

「小能——」

「楊不輸！楊不敗！」

小能想蹦卻蹦不起來：「是小聖和小白龍！」

小能和楊家兄弟齊聲答應。

這應聲飄出了陷阱。

「果然在這兒！好密的海草。」小聖來到陷阱邊探頭探腦。

小白龍說：「我水性好，先下去看看。」

等了一會兒，下面又大叫：

「小白龍也讓海草纏住啦！」

「這兒是陷阱，小聖別衝動！」

小聖又急又氣：「剛才那兩個傢伙存心讓我們上當，我去找他們！」

小聖找到二鯊精時，他們已把蜃十郎的蜃珠奪在手中。

蜃十郎怒斥：「無恥的強盜！」

鯊影說：「有了這蜃珠，咱們再也不用做強盜啦！」

鯊威不懂：「為什麼？」

「做騙子比做強盜省力多啦！」

這回是真哭

小聖大喝一聲：「叫你們什麼壞事都做不成！」說著揮起一雙石筍向二鯊精撲去。

鯊影忙舉毒魚刺架住石筍，鯊威舞動鯨目流星錘從小聖身後打來……

蜃十郎赤手空拳，乾著急。忽然急中生智，他把背後兩片蚌殼合攏起來。

二鯊精立刻分了神：「咦，他幹什麼？」

沒想到蜃十郎是用蚌殼掬起沙土，趁鯊影好奇地湊近，蜃十郎猛地張殼揚沙，眯住了鯊影的眼睛。

鯊影急喊：「大哥，快用蜃珠，不然我們要吃虧啦！」

鯊威的錘鏈已被石筍打斷，這時他趕忙將蜃珠含到嘴裡——

鯊威噴出一座連環洞，將小聖困在洞中。

這真是洞連洞，洞套洞，迷宮一般重重疊疊。求真寶花給了小白龍，小聖已無法化除幻影。

只聽洞外傳來一聲：「我來救你！」

是蜃十郎衝上前來，繫鈴人自會解鈴。

鯊威趕緊用力將十郎關進蚌殼，並叫鯊影找了些結實的海草，將這蚌殼牢牢捆縛。

二鯊精哈哈大笑：「這下都老實了！」

鯊影對鯊威說：「把蜃珠給我，讓我也試試。」

蜃十郎不住口地大罵，一直罵、一直罵。

鯊影說：「罵得我心煩。大哥，咱們想辦法把聲音也捆起來？」

「沒辦法。」

沒辦法的辦法是，遠遠地走開，耳朵裡的罵聲會輕下去，直到聽不見。鯊影可以在聽不見罵聲的地方安安心心地做蜃樓試驗。

小聖聽到蜃十郎被縛，又急又悔。現在才體會到，能有機會幫助別人是多麼好的事，這要比無可奈何地等別人來幫助強得多。

那蜃十郎關在蚌殼裡，掙扎不開，卻想出個先救小聖的法子。

他拔下金冠上的簪子，在蚌殼接縫處鑽了個小洞。

然後將嘴貼在小洞上，用力將幻影吸回肚裡。

圍困小聖的連環洞一洞一洞地瓦解，直至全部消失。

小聖自由了，便來扯去捆縛蚌殼的海草。

蜃十郎也自由了。

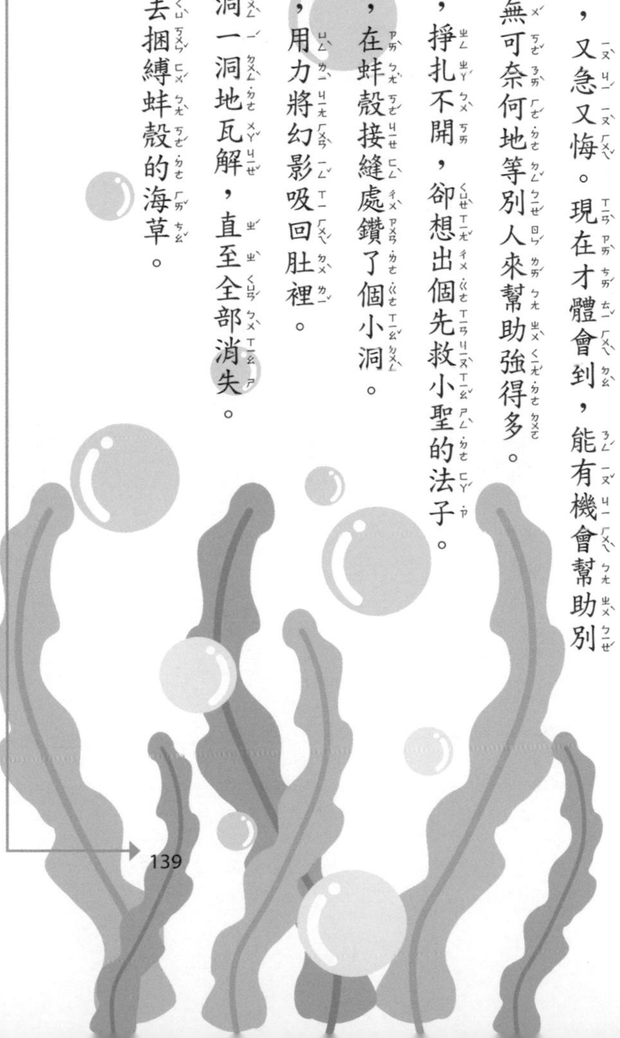

「多謝你救了我！」

「不，應該我謝你！」

他們應該謝誰呢？反正他們抱在一起，成了好朋友。

蜃十郎說，「我不該幫海帶婆造蜃樓，沒想到她用來害人。」

小聖說：「咱們得想辦法把夥伴們救出來！」

「但這海草陷阱太險惡，除了海帶婆，誰都是進得去出不來。」蜃十郎皺著眉，「這賊婆子，剛才我還聽她跟鯊魚精說，要把你的幾個朋友放出來……」

「她肯放人？」

「這是為了嚇唬鯊魚精，逼他們交出寶貝，你說她刁不刁！」

聽這麼一說，小聖忽然有了主意。

小聖變成鯊威大王，又把蜃十郎變成鯊影大王。

他們在一塊礁石上找到了海帶婆。

「海帶婆，你在幹什麼？」

海帶婆把楊不敗的那條火圍巾蓋到一個瓦罐上，嘴裡數：「一、二、三！」再把圍巾掀起，瓦罐裡已經「咕嘟咕嘟」，熱氣騰騰，「瞧，這火圍巾能使我喝到熱魚湯。」

假鯊威大王饞兮兮地說：「這寶貝挺實用的。」

海帶婆來勁了，又打開一個隱蔽得很好的岩石窟窿。裡面是一堆堆冰坨子，冰凍水產。楊不輸的那對冰手鐲就鎮在冰坨子上面。「吃不完的東西可以用冰手鐲冰凍起來。」

假鯊威拿起冰手鐲：「好寶貝。」又拿起火圍巾：「真是好寶貝。回頭見！」

「怎麼？」海帶婆直發愣，「這寶貝就歸你們啦？」

「對呀，」假鯊影說，「你是搶不過我們的。」

「可是，你們就不怕我把那幾個小子放出來？他們老在陷阱裡嘀咕，說出來以後要用鯊魚牙齒做項鍊。」海帶婆又使出殺手鐧，但這回不管用了。

假鯊威說：「你別嚇唬我們了，我不相信你有這麼大膽子。」

假鯊影說：「乾脆把她的吸寶盤也帶走。」說搶就搶。

海帶婆氣得直抖：「好，你們等著瞧！」

海帶婆披頭散髮奔向海草陷阱：「以為我不敢嗎？臭鯊魚！」

正當小能他們被海草纏得手腳都麻木時，忽聽一陣哭啼聲。

「賊婆子，你又來幹什麼？」

海帶婆哭訴道：「我不該幫忙鯊魚精，現在我的吸寶盤也被他們搶走了，我

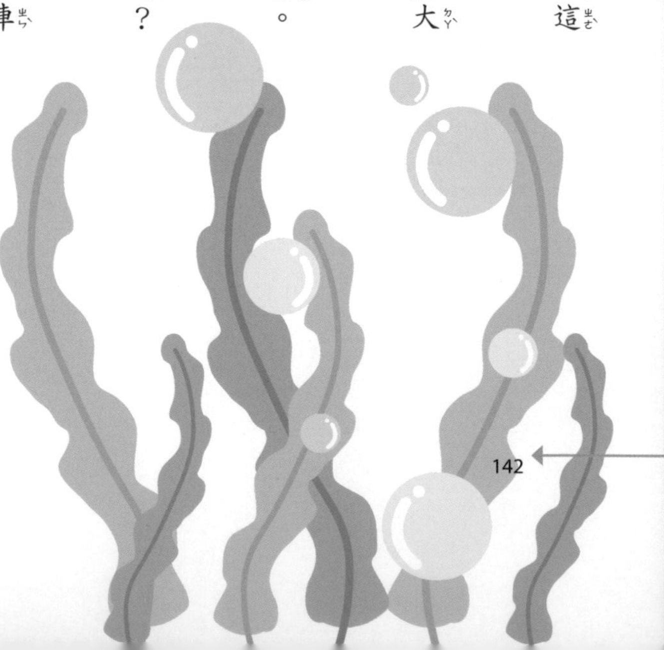

好後悔呀！」

她一邊哭，一邊幫小能他們解開纏身的海草，「我來把你們放出去，也好立功贖罪！」

小能心最善，說：「你既然改做好人了，我們也幫你把吸寶盤要回來。」

小能、小白龍和楊家兄弟活動一下身子，便隨著海帶婆出了海草陷阱。

他們要去找鯊魚精討回寶貝，沒想到鯊魚精正等他們來找。

小能一晃石杵，喝道：「快交出寶貝，做個好強盜！」

那鯊威大王說：「要是不交呢？」

小白龍取出求真寶花：「寶花面前現真身！」

隨即念道：

真真假假真真假，
假假真真假假真。
鯊威、鯊影現原形！

咒語一出，眾人盯住二鯊精。意外的是，二鯊精並沒變成兩條醜陋的鯊魚，而是變成了小聖和蜃十郎！

小夥伴們在一起又笑又跳。可是一旁響起了哭聲。

小能問海帶婆：「你怎麼又哭了？」

海帶婆說：「和剛才不一樣，這回是真哭。」

她傷心的是，平時以為只有壞人可以騙好人，沒想到好人有時也可以騙騙壞人。

蜃十郎和小聖是朋友了，於是也成了小聖朋友們的朋友了。

蚤十郎說：「鯊魚精得到蚤珠，一定又去做壞事了！」

小能說：「趕快抓住他們！」

小夥伴們便去追拿鯊威、鯊影。

小聖臨走對海帶婆說：「你不要再幫鯊魚精了，這吸寶盤我們借去用用。」

海帶婆再三叮囑：「可要還給我啊！」

* * *

鯊威、鯊影，正在島礁上利用蚤珠布置圈套。

這時飛來彩雲兩朵，一對童子緩緩降落。

鯊影便問：「兩位仙童何事光臨？」

紅衣童子說：「八仙要在這南海邊上比試新煉的法寶。」

綠衣童子說：「我們奉命趕走旁人，不許偷看。」

二鯊精悄悄商量一下，鯊威便說：「仙長們還沒來，仙童何不先去絕妙林中玩耍一番？」

二童子順著鯊威的手指看過去，只見此林：

似近還遠，
若有卻空；
草色朦朧綠，
花顏曖昧紅。

紅衣童子說：「挺有神祕感的。」

綠衣童子說：「既稱絕妙林，必有絕妙處，去看看吧！」

童子去後，鯊精大笑，「妙就妙在能進不能出！」

二鯊精立刻變作童子模樣。

只聽蹄聲躂躂，驢叫聲聲，鯊影變成的綠衣童子連忙招呼：「張果老，您到得最早！」

張果老得意地說：「以往都說我最拖拉，這回我升級了我的驢，你們瞧！」他朝驢肚下一指，鯊精們這才發現，驢被升級成六條腿了。

鯊威變成的紅衣童子迫不及待地問：「您帶什麼寶貝來啦？」

張果老不慌不忙下了驢，對驢吹口氣，將驢變成一張紙，摺好，收好。然後掏出一把剪刀，說：「這叫『百獸剪』，不但能剪出驢來——」

鯊影搶著說：「獅子老虎狗，剪什麼活什麼！七位仙長還沒來，您先去逛逛絕妙林，我剪個海龜馱您去。」說著接過百獸剪，剪了個大海龜，馱上張果老去了。

鯊影亂中下手，得了百獸剪：「嘿嘿，這傻老頭兒！」

鯊威說：「別急，生意才開張呢！」

又來一個，背著葫蘆，拄著拐杖，這是鐵拐李。

昏頭花籃出了誤差

鐵拐李問二童子：「他們一個都沒到？」

「就是，數您最早！」

鯊影剛回答了這一句，立刻不見了。

鯊威正驚疑，鐵拐李拍著葫蘆解釋道：「這是謊話葫蘆，誰說謊就立刻關進去。」

鯊威只好替鯊影認錯：「他是隨口亂說，其實張果老先到，逛絕妙林去了。」

「你倒老實。」

「我守著葫蘆，您去給張果老做伴吧！」

「好的。」鐵拐李留下葫蘆，騎上拐杖，向對面小島上的絕妙林飛過去。

鯊威趕緊把關進謊話葫蘆的鯊影倒出來。

鯊影嚇得一頭汗：「再也不敢說謊了！」

鯊威說：「怕什麼？鐵拐李不會回來了，他把葫蘆送給我了——」

剛說到「送」字，鯊威又不見了。這葫蘆很厲害的，不管主人在不在，只要誰說一字謊言，立刻就裝進去，沒什麼客氣的。

鯊威被鯊影倒出葫蘆以後，不敢隨便開口，說話之前要打好腹稿。

＊＊＊

再說小聖、小能、小白龍、蜃十郎和楊家兄弟，此刻已找到二鯊精，但小聖悄悄對夥伴們說：「他們手中有寶，咱們必須見機行事。」

大家就暫不動作，在礁石後面窺測動靜。

這時又來了韓湘子和漢鍾離，他們邊走邊聊。

漢鍾離說：「我這叫『消長扇』，變高變矮，只須一搧。」

韓湘子說：「我這是『四季簫』，能讓周圍景色隨曲變化。」

韓湘子吹起秋曲，想讓對面島上的樹林變黃。

可是吹了好一會兒，簫都吹熱了：「奇怪，怎麼那樹林毫不變色？」

變成童子的二鯊精暗暗好笑。

漢鍾離叫韓湘子別吹了：「你的法寶沒用，還是瞧我的！」

漢鍾離從腰帶裡拔出消長扇，對著身邊的綠衣童子搧了幾扇，口中念著：「矮！

矮！矮！」

鯊影果然矮了下去，腦袋只及鯊威的肚子。

漢鍾離又對著紅衣童子搧：「高！高！高！」

鯊威就一個勁地朝上長，長得很高。

為了跟鯊影說話方便，鯊威就讓鯊影站在他的手掌裡。

韓湘子不服氣，指著那片不肯變黃的樹林，問漢鍾離：「你能將那樹林變矮嗎？」

「有什麼不能！」

漢鍾離朝著絕妙林揮動扇子，可是這回不靈了。

「難道……」漢鍾離滿頭大汗，「難道那不是真的樹林？」

呂洞賓突然出現：「據我所知，這是蜃十郎吐化而成。」

曹國舅也趕來了，指著自己的顯影玉版對眾仙說：

「你們瞧，張果老和鐵拐李正困在那片幻影之林。」

「這蜃十郎竟敢同八仙為敵？」提花籃的藍采和年少氣盛。卻正好把也是年少氣盛的蜃十郎激得跳了起來：

「哼，八仙有什麼了不起！」

蜃十郎溫和起來很是彬彬有禮，但現在他沒法再溫和了。

仍然隱蔽在暗處的小夥伴們替十郎捏一把汗。

只見呂洞賓拔出了寶劍，命令十郎：「快把張李二仙放出來！」

十郎的倔脾氣上來了：「我偏不要，你能把我怎麼樣？」

雙方虎視眈眈，一觸即發。

鯊影趕緊提醒鯊威：「寶貝已到手，趁亂趕快溜！」

小聖他們正等著呢！

「哪裡跑！」小聖手持石筍追過去。

鯊威大王慌忙擺手：「有話好說，好說！」

鯊影大王躲在後面用百獸剪悄悄剪出一疊犀牛。

犀牛全活了！

鯊影指揮犀牛們：「頂他們！咬他們！」

強壯兇暴的犀牛橫衝直撞，勢不可當。

小白龍取出求真寶花：「犀牛犀牛現原形！」

笨重粗壯的犀牛全都化為紙片，恰巧吹來一陣風，颳得蝴蝶般亂飛。

鯊影嚷著：「大哥，快把他們困進蜃樓！」

鯊威急急掏出蜃珠，就要朝嘴裡送——

小聖摸到懷中吸寶盤，心中一動，便舉起它來，「噹」的一聲，將蜃珠吸入盤中。

二鯊精還沒用過的寶貝只剩那個大葫蘆了。

小能猛地問一句：「你們搶了人家好多東西吧？」

「沒有啊！」二鯊精順口應道，但這是謊話。只聽「嗖」的一聲，鯊威、鯊影同時被裝進了謊話葫蘆。

小能咋呼一下，竟然成功，想起來自己都佩服自己。

楊不敗提出：「咱們去看看蚤十郎吧！」

「走！」

蚤十郎那邊已經打起來了。

小白龍說：「十郎是咱們的朋友，得幫他！」

楊不敗鼓動大家：「一起上啊！」

但小聖攔住夥伴們：「十郎是咱們的朋友，不過不能這樣幫！」

小男子漢們就說：「不敢上的不是朋友！」「是膽小鬼！」……於是開始了真

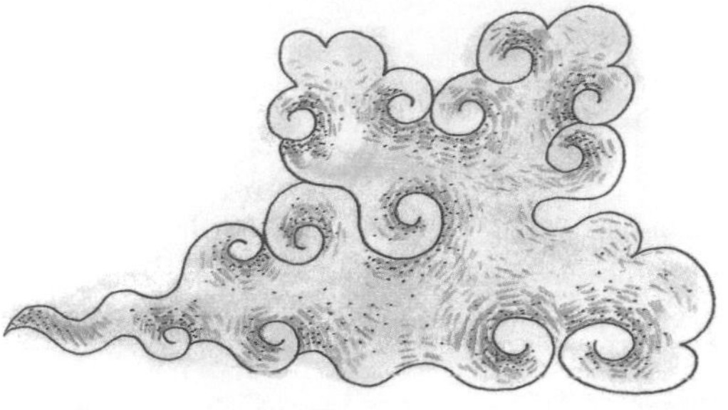

正的大混戰。

混戰中，藍采和的花籃打倒了蠶十郎。

「別打啦！」

小聖舉起吸寶盤——

各種各樣的寶貝兵器全部脫手向盤中飛來。有呂洞賓的斬妖劍和小白龍的八寶飛輪、小能的如意石杵和韓湘子的四季簫、漢鍾離的扇子、曹國舅的玉版、楊不輸的狼牙棒、楊不敗的石蘑菇……

等到大家全是一雙空手，沒什麼可舞弄的了，這才冷靜下來。

這時眾人發現蠶十郎一動都不動，做人工呼吸也沒用。

藍采和直抓後腦勺：「怎麼搞的，我的寶貝叫『昏頭花籃』，只會打昏，不會打死的。看來品質有些問題，回去後要改進一下。」

小聖便替蚤十郎說出了實情：「是鯊魚精搶走了蚤珠，困住了張李二仙。」

眾仙這才明白是一場誤會，但明白得太晚了。

小聖痛惜地說：「十郎本可以吸回蚤氣，解開二仙之圍的。」

曹國舅說：「可現在他想這樣做也做不了啦！」

這時韓湘子指著天邊叫：「瞧，何仙姑來了。」

何仙姑是八仙中唯一的女性，需要化妝打扮，所以每次總是最後亮相。只見她手持蓮花，臉帶微笑，很起勁地扭動腰肢，展示新衣。

「別扭了！」漢鍾離不耐煩地說，「這是比寶貝，又不是比時裝。」

但八仙的頭兒呂洞賓說：

「死了人啦，還比什麼寶。」

「死了人啦？」何仙姑很興

奮，「真的死啦？」

大家覺得何仙姑有點兒蹊蹺。

何仙姑解釋說，「我的寶貝叫『回生蓮』，可以起死回生。要是不死人，就沒辦法演示此寶的妙處啦！」

說完便將回生蓮在蜃十郎額頭拂了幾拂，口中念：「蓮花頂上開，大夢快醒來。」

蜃十郎醒過來，糾正何仙姑說：「這次沒做夢。」

小聖說：「你這個十郎……」

接下來，小聖讓十郎吸回蜃氣，放出二仙和仙童。

小聖又將吸寶盤裡的各種法寶還給大家。

楊不輸、楊不敗拿回了冰手鐲和火圍巾，送給小白龍。

楊不敗說：「今天是你的生日，可惜就這樣胡鬧掉了。」

小白龍說：「我倒覺得挺有意思的。」

眾仙議論著：「這吸寶盤好厲害！」

還是張果老見多識廣，說：「這本是南極仙翁的寶貝。」

這時，海帶婆從海裡探出頭來叫：「小聖，快把吸寶盤還我！」

空中傳來呼聲：「應該還給我！」南極仙翁來了。

仙翁指著海帶婆對大家說：「上回我外出訪友，不慎將此寶墜落海中，被她隱藏起來。」

「完了，」海帶婆灰溜溜潛下海中，「幾百年才撿到這麼個寶貝，只好等下回了。」

鐵拐李的葫蘆裡還裝著鯊威和鯊影，鐵拐李不願讓他們一直住在他的葫蘆裡。

小能問南極仙翁：「您說，應該怎樣處置這兩個妖精？」

仙翁從鐵拐李的葫蘆裡倒出二鯊精：「讓他倆給我看守蓮花池吧！」

又讓二郎神看笑話

這一天，小聖和小能出去玩，路過太上老君門外。

「小能，你瞧！」

小能順著小聖的目光向上看，只見一個人爬上了老君的屋頂。

小能說：「是小偷吧？」

小聖說：「我們來嚇他一下。」

他們就齊聲大喊：「喂！」

「唉唷我的媽呀！」那人一個跟頭摔了下來。

小哥倆近前一看，不是小偷，是老君爺爺！

老君揉著腰：「差點兒把腰摔斷了，多虧我天天練功。」

小聖問：「您爬屋頂幹什麼？」

小能問：「這也是練功嗎？」

老君答道：「今天是重陽節，應該登高爬山。我們這裡沒山，只好爬屋頂啦！」

正說著，只聽一陣吆喝：「走哇，走哇，去看傻瓜登天！」

來的是二郎神父子。

小聖、小能好奇地湊過去。只聽楊戩邊走邊對楊不輸、楊不敗說：「每年重陽登高之時，崑崙氏就來搭天梯，妄想登天，每次都讓人笑痛肚皮！」

他們一起來到南天門外，看熱鬧的已來了不少。

大家議論著，指點著：「聽說天梯將從崑崙山上搭起……」

小聖悄悄對小能說：「咱倆下去看看。」

「好。」

崑崙山頂已被削出一個平臺。

小哥倆剛在平臺上降落，只聽身後大喝：「喂！崑崙姐弟在此，誰敢犯我山嶺？」

小聖、小能回頭看，只見崑崙姐弟果然生得雄壯，配得上這個雄壯的姓。

小聖說：「我們是上界小仙小聖、小能。」

那少女便也道：「我叫崑崙英，我弟弟崑崙勇。」

小能說：「聽說你們要搭天梯，我們也許能幫點兒忙。」

崑崙勇立刻擺手拒絕：「崑崙氏向來硬碰硬，世世代代不求人！」

崑崙英說：「我們祖祖輩輩搭天梯，不成功就遁入洞穴，永不見人。」

崑崙勇一拳打得岩石迸飛：「我們這一輩一定要成功！」

崑崙勇又解下綁在身上的一條長鞭：「這是我家世代相傳的劈石鞭——」

他邊說邊將此鞭掄起，一聲脆響，身邊山岩被齊唰唰劈下半邊。更奇更絕的是，圍繞著山岩的雲團，也隨著山岩被齊唰唰劈成兩段。

小能對小聖吐舌頭：「好厲害！」

崑崙勇又連連揮鞭，將山岩劈成方方正正的大石塊。

這時崑崙英已穩立在山頂平臺。

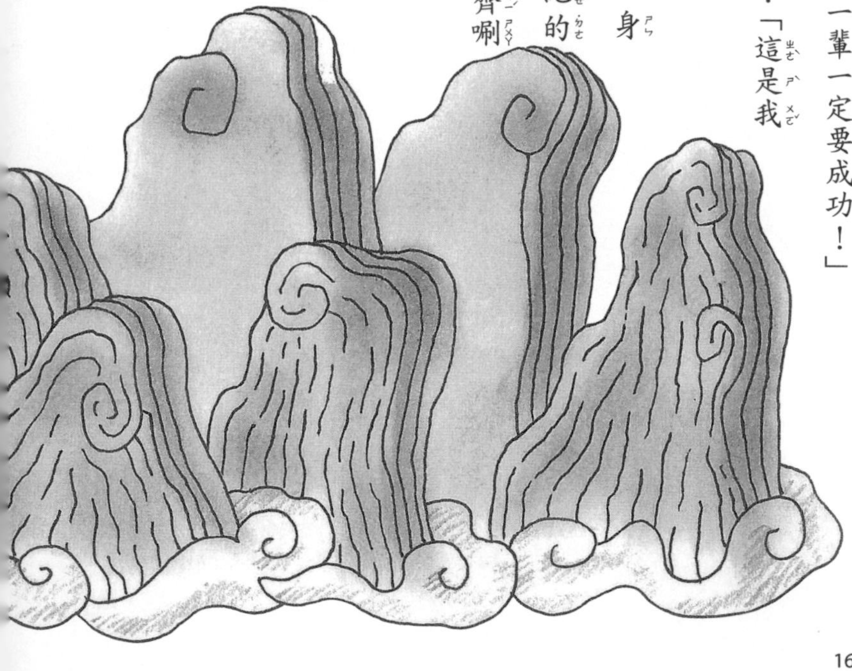

崑崙英默念移石咒，叫聲：「起！」四塊巨石次第飛起，從從容容落向山頂平臺。霎時間，砌成了第一層天梯。

就這樣，巨石一塊塊劈就，天梯一層層加高……天梯穿過雲層，漸漸接近南天門。

小聖、小能不停地為崑崙姐弟喝采鼓掌。南天門前看熱鬧的眾神仙越來越興奮，大家議論著：「看來這回能成功！」

「沒那麼容易，」是楊戩在冷笑，「瞧著吧，還是非塌不可！」

正這麼說著，果然發現那天梯有些不對勁了——先是忽然晃了一下，接著慢慢歪斜……

在半空旁觀的小聖和小能，趕緊幫忙頂住。

可是頂不住了。天梯的下層坍塌，上層也跟著一起稀里嘩啦了。

楊戩樂得拍手拍腳：「哈哈哈！好笑哦，好玩哦！」

天梯一倒，小聖、小能趕緊托住從半空跌下的崑崙英。

可是找不到崑崙勇了，只見一片亂石堆。

崑崙英哭了：「弟弟呀！」

這一哭，亂石堆裡有了動靜：「姐姐，幫我一把！」

崑崙英立刻止住眼淚，答應道：「待姐姐念起移石咒，運起移石功……只是剛才疲勞過度，又受了驚，須略作調養，才能恢復功力。」

崑崙勇在底下說：「我被巨石壓住，勉強支撐，等到姐姐功力恢復，只怕……」

小能忽然發現亂石間露出黑蛇般的一截：「這是崑崙勇的劈石鞭吧？」

「對，」小聖說，「可以用它把崑崙勇拉上來。」

小能便叫：「崑崙勇，你握著鞭子嗎？」

底下回答：「握著呢！」

「拉牢，我們把你拉上來。」

「不。」

「為什麼？」

「崑崙氏從來不求人。」

小能問小聖：「怎麼辦？」

小聖說：「有辦法。」便向崑崙勇解釋道：「你並沒有求我們，是我們自己要幫助你的。」崑崙勇猶豫了：「這不算求人？那，好吧！」

小聖、小能一起用力，喊著口號：「拔蘿蔔來拔蘿蔔……」把崑崙勇拔上來了。

崑崙勇跟姐姐商量：「雖然咱們沒求人，但人家幫了咱們，應該謝謝人家吧？」

「應該的。」崑崙英說，「不過咱們從沒讓別人幫過，不知道怎麼個謝法。」

小聖說：「不會謝，就不用謝了吧！」

小能卻說：「要謝的，我爸爸說，不謝就是沒禮貌。」

小能就教崑崙姐弟怎樣行禮，怎樣說「多謝」。

崑崙英和崑崙勇向小聖、小能行了禮，說了「多謝」。

小能說：「好的，下回你們幫了我們，我們也會謝你們。」

「沒有下回了。」崑崙英神色黯然，「我們失敗了，沒臉見人，只好鑽進深深的洞穴……」

三昧真火

崑崙姐弟灰心喪氣，每一代失敗了的崑崙兒女都是這樣灰心喪氣。他們只好把上一代寄託下來的希望，再寄託給下一代。

小聖道：「依我說，天梯倒了，人不能倒。要先弄清天梯為什麼會倒，以後才不會老是倒。」

他們都來找原因，發現底下的石頭斷裂了。

崑崙勇說：「難怪天梯立不穩！」

小聖說：「大梯堆得高，上面壓得重，所以把下面的石頭壓裂了。」

小能說：「那就再去找些好石頭來吧！」

「說起好石頭，我倒想起煉石補天的女媧娘娘。」小聖對崑崙姐弟說，「我們可以請女媧娘娘來教你們煉石頭。」

崑崙英連連擺手：「我們自己來煉吧！」

小聖知道「崑崙氏從來不求人」的規矩，也就不再多說了。

崑崙姐弟在山上找了個大圓坑，放進木柴和石料後，就點火煉石。

火熊熊，煙滾滾。烤出了汗，熏出了淚，嗆得咳嗽一聲聲。

煉了一陣，小聖來看：「咦，女媧煉的是五色石，怎麼這石頭變黑了？」

崑崙勇說：「大概火候沒到，再多加點兒柴。」

火熄煙散以後，大家目瞪口呆——坑裡變得一片白。

小能說：「都燒成石灰了，只好用來刷牆。」

崑崙英鼓勵崑崙勇：「弟弟，別灰心，咱們重新再煉。」

小能對小聖嘟噥說：「這種煉法，簡直是瞎貓逮老鼠。」

小聖說：「咱們悄悄去找女媧娘娘。」

不一會兒，小聖、小能來到女媧居住的補天樓。

女媧現在很清閒，也很寂寞，要到下一次天破時才有事可做。看到小聖、小能來了，女媧很高興。

小聖說：「女媧娘娘，崑崙姐弟要煉石登天。」

小能說：「我們替他們來向您求教。」

女媧見小哥倆這樣熱心，便也慨然相授：「煉石要緊的是火。用三昧真火煉九個時辰，得赤石；十六個時辰，得黃石……紫石最為堅不可摧，需煉七七四十九個時辰。」

女媧叫小能取來一根木柴，隨即暗運神功，吐出三昧真火，將木柴點燃。

小哥倆取得真火，高興極了：「多謝女媧娘娘！」

回來時經過楊戩門口，楊戩問：「傻小子，怎麼白天點火把？」

小能老實答道：「這是女媧娘娘的三昧真火，給崑崙姐弟煉石登天用的。」

楊戩又要使壞了：「哦，既然是真火，一定是淋不滅、吹不熄的吧？」

「當然……不，也許……」

楊戩冷不防猛吹一口——火把滅了。

「你怎麼——？」小聖、小能大叫起來。

楊戩哈哈笑著進屋去：「不是說——？沒想到……哈哈哈哈！」

小能著急地問小聖：「怎麼辦？再去請女媧點火？」

小聖想了想：「楊不敗會噴火，先問問他。」

他們把楊不敗喊了出來。

小聖問楊不敗：「你那火眼裡噴出的是真火嗎？」

楊不敗說：「是的話又怎麼樣？」

「崑崙姐弟要煉五色石搭天梯，你能幫忙嗎？」

「我從沒煉過石，」楊不敗猶豫了一下，「但我願意試試。」

「慢！」在裡面偷聽的楊戩衝了出來，「幫忙不能白幫，酬勞要先說定。」

不敗說：「爸爸，你就會死要錢！」

楊戩說：「不要白不要。就說前幾天，李天王喝得大醉來找我……」

楊戩學李天王的醉腔：「我……說話不清楚了，是不是……把舌頭吃下去啦？幫幫忙，用你的天眼幫我……透視一下。」

「你怎麼說呢？」小聖問楊戩。

「那有什麼客氣的，我說：『拿錢來！你胖子肉厚，透視起來特別費勁，要額外收費！』李天王只好乖乖給錢。我就睜開天眼，射出神光，裝模作樣地在他胃裡照了照，說：『唔，裡面是有個舌頭，稀巴爛了，沒用了。』李天王立刻急了：『那怎麼辦？我不能沒有舌頭呀！』我就再叫他掏出錢來，拿一碗隔夜的冷茶給他喝下去，說：『喝了這仙水，明天就會長出舌頭。』這傢伙被我騙了，還一個勁地謝我，往我靴子裡塞小費，哈！」

小聖說：「只有你想得出這招。」

「要說敲竹槓，我辦法可多啦……」

趁楊戩大吹撈錢術，小聖讓楊不敗和小能悄悄溜走，自己變成楊不敗模樣，和楊戩周旋。

楊不敗隨小能駕雲來到崑崙山上空，小能指點說：「煙霧騰騰的地方，就是崑崙姐弟在煉石呢！」

煉石坑旁，崑崙勇在歎氣：「煉了多少次了，越煉越不像東西！」

「你怎麼了？」崑崙英數落弟弟，「崑崙氏什麼時候這麼沒志氣過？」

「可是，崑崙氏又什麼時候成功過？」有人插嘴道。

崑崙英大喝：「你是什麼人，膽敢小看我崑崙氏？」

楊不敗笑了：「我是火眼楊不敗，特來幫你們煉石。」

「哼，你來幫我們？你有多大本事，敢先跟我的崑崙劍較量較量嗎？」

崑崙勇趕緊悄悄對姐姐說：「人家好意幫忙，你怎麼……」

崑崙英說：「要人家幫忙，就是承認自己無用，懂嗎？」

這一邊，小能和楊不敗也在商量。

小能說：「較量就較量，你還怕她？」

楊不敗說：「我是來幫忙的，怎麼好動武？」

小能說：「殺殺她的傲氣，對她也許有好處。」

周銳作品集
幽默西遊之四：雷神的地下宮殿

2012年2月初版　定價：新臺幣270元

著者　周銳
繪圖　洪義男
發行人　林載爵

出版者　聯經出版事業股份有限公司
地址　台北市基隆路一段180號4樓
編輯部地址　台北市基隆路一段180號4樓
叢書主編電話　(02)87876242轉213
台北聯經書房：台北市新生南路三段94號
電話：(02)23620308
台中分公司：台中市健行路321號
暨門市電話：(04)22371234ext.5
郵政劃撥帳戶第0100559-3號
郵撥電話：(02)23620308
印刷者　文聯彩色製版印刷有限公司
總經銷　聯合發行股份有限公司
發行所：台北縣新店市寶橋路235巷6弄6號2樓
電話：(02)29178022

叢書主編　黃惠鈴
編輯　張倍菁
校對　趙蓓芬
整體設計　陳淑儀

行政院新聞局出版事業登記證局版臺業字第0130號

本書如有缺頁，破損，倒裝請寄回聯經書房更換。　ISBN 978-957-08-3952-4 (平裝)
聯經網址：www.linkingbooks.com.tw
電子信箱：linking@udngroup.com

國家圖書館出版品預行編目資料

幽默西遊之四：雷神的地下宮殿/
周銳著．洪義男繪圖．初版．臺北市．聯經．
2012年2月（民101年）．176面．14.8×21公分
（周銳作品集）

ISBN 978-957-08-3952-4（平裝）

859.6　101000148